우리의 상처는 솔직하다

우리의 상처는 솔직하다

1판 1쇄 발행 2021년 9월 29일

지 은 이   멘탈헬스코리아 피어 스페셜리스트 팀
펴 낸 이   신혜경
펴 낸 곳   마음의숲

대   표   권대웅
편집주간   박현종
편   집   채수회 김혜원
디 자 인   임정현 박기연
마 케 팅   노근수

출판등록   2006년 8월 1일(제2006 – 000159호)
주   소   서울시 마포구 와우산로30길 36 마음의숲빌딩(창전동 6-32, 3층)
전   화   (02) 322 – 3164~5 팩스 (02) 322 – 3166
이 메 일   maumsup@naver.com
인스타그램   @maumsup
용지 (주)타라유통 인쇄 · 제본 (주)에이치이피

ⓒ 멘탈헬스코리아, 2021
ISBN 979 – 11 – 6285 – 090 – 9 (03810)

우리의
상처는
솔직하다

멘탈헬스코리아 피어 스페셜리스트 팀

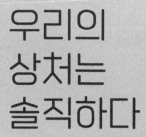

아픔을 딛고 일어선 청소년들의 살고 싶다는 고백

마음의숲

멘탈헬스코리아는 대한민국 정신 건강 생태계의 소비자 운동^{Consumer} Movement을 펼치는 비영리기관으로 정신 건강 서비스의 소비자 권리 강화와 수준의 혁신, 사회적 인식 개선을 목표로 사회사업을 추진하고 있다.

대표적인 사업으로 14~25세 대상의 '피어 스페셜리스트(아픔의 경험 전문가)'를 육성하는 피어 스쿨, 전국 정신 건강 의학과 및 심리상담 센터, 온라인 서비스에 대한 경험, 리뷰 및 교훈을 제공하는 피어 인사이트 플랫폼, 익명으로 서로가 연결되어 고민을 나누며 정보를 공유하는 정신 건강 컨디션별 피어 서포트 및 사회적 처방 커뮤니티 등을 운영한다.

멘탈헬스코리아는 뉴노멀 시대의 현명한 정신 건강 소비자 모델을 제시함으로써 정신적 문제 앞에서 누구든 홀로 싸우도록 내버려두지 않는 사회를 꿈꾼다.

＊이 도서의 판매로 발생한 인세는 청소년 피어 스페셜리스트 육성 사업과 청소년의 경제적·심리적 자립을 위한 지원비로 사용될 예정입니다.

뉴노멀 시대, 더 나은 '멘탈헬스'를 위하여

대한민국은 OECD 국가 중 자살률 1위라는 오명에도 불구하고, 정신 건강에 대한 이해와 관심보다 정신질환을 가진 사람에 대한 편견과 차별이 더욱 크게 존재하는 나라다. 정신질환에 대한 낙인은 10대 청소년도 피할 수 없다. '정신과에 다닌다' '자해한다' '우울증이 있다'는 고백은 여전히 조롱거리나 약점으로 치부되기도 한다.

우리 사회는 그동안 마음의 어려움에 대해 자주 언급하는 사람을 나약하고 문제 해결을 잘하지 못하는 사람으로 취급했다. 마음에 대한 잘못된 접근은 날카로운 무기가 되었다. '나약하네. 더 강해져야 해'라며 고치려 드는 태도로 인해, 이 땅의 많은 청소년들은 정신적으로 힘들더라도 누군가에게 도움을 요청하지 못한 채 혼자 고립되었다.

정신적으로 힘들어하는 사람을 부정적으로 생각하거나, 정신과나 상담 센터에 다니는 사람을 문제가 있다고 판단하는 것은 아무런 변화를 만들어내지 못한다. 정신적 어려움은 삶 속에서 경험하는 다양한 감정 및 사건과 잘 지내려다 발생하는 것이지, 일부 사람들만의 특별한 것이 아니다. 정신건강을 회복하려면 편견을 줄여야 한다. 감정을 자유롭게 표현할 수 있고, 더 많이 이야기할 수 있는 사회가 되어야 한다.

정신적 어려움을 겪었던 청소년이자 이 책의 저자는 "왜 정신질환에 대한 편견이 없어지지 않을까?"라는 질문에 "우리들의 이야기를 직접 들어보지 않았기 때문"이라 답한다. 그래서 이들은 벽장 밖으로 나가 직접 자신의 목소리로 말하기 시작한다.

이 책은 정신질환에 대한 사회적 편견과 차별에 맞서 자신의 아픔을 용기 내어 고백하고, 자신만의 아픔을 통해 독특한 인생을 창조해나가는 대한민국 청소년들의 이야기다. 우울과 자해, 자살에 대해 솔직하고 담대히 고백하며, 아픔의 경험 전문가이자 정신 건강 서비스의 소비자로서 얻어낸 인사이트를 제공한다.

또한 '청소년의 우울은 사춘기 때문이다' '자해하는 것은 관심받기 위한 행동이다'라고 말하며 청소년들을 이해하지 못하는 어른들의 생각을 완전히 뒤바꾸는 목소리다. 자신이 정신적 아픔을 경험하며 마주해야 했던 정신 건강 생태계의 현실과 한계를 지적하며, 우리 사회가 미래 세대의 정신 건강을 위해 준비해야 할 과제들을 구체적으로 제시한다.

아픔을 겪는 사람들에게 최고의 용기와 희망이 되는 것은 이미 그 아픔을 겪었던 사람들의 회복 스토리일 것이다. 지금도 때로 아픔을 겪지만 꿋꿋이 자신의 삶을 개척해나가는 청소년들의 이야기가, 혼자서 끙끙 앓고 있는 대한민국의 많은 청소년들에게 위안과 용기를 줄 수 있었으면 한다.

멘탈헬스코리아 대표

최연우

절망의 안개 속을 헤매는 당신에게

극심한 우울증, 자해, 자살 시도를 경험한 청소년들에게는 차마 말할 수 없는 자신만의 슬프고 비참한 이야기가 있다. 그들은 단 한 명의 어른이라도 자신의 상처를, 아픔의 깊이를 알아주기를 바란다. 그리고 끊임없이 어른들에게 도와달라는 신호를 보낸다. 그러나 그 외침은 대개 부메랑이 되어 아이들이 오롯이 혼자 감당해야 할 문제로 다시 날아올 뿐이다.

청소년의 정신 건강 문제는 더 이상 의지박약과 같은 개인적 심리 문제가 아니다. 복잡한 요소가 얽혀 있는 가정의 문제이자 사회적 문제다. 그럼에도 불구하고 여전히 우린 그들을 고통 앞에 내버려둔 채 혼자 감당하도록 외면하고 있다.

니체는 고통이 사람을 성장시킨다 했지만, 고난은 과연 유익할까? 예기치 못하게 인생에 닥치는 시련은 피할 수 있다면 피하고 싶은 아픔이며, 때로는 평생 영향을 미치는 트라우마로 남아 깊은 마음의 상처를 남긴다. 그러나 우리는 삶에서 마주하게 될 고난의 종류나 크기를 예측할 수도, 선택할 수도 없다. 단지 우리에게 선택권이 있다면 나에게 주어진 이 고난을 어떻게 받아들일지 판단하는 것뿐이다. 우리는 인생에 찾아온 시련을 겪으며 다시는 일어나지 못하고 무너져버릴 수도, 시련을 나만의 독보적인 경험과 강점으로 받아들여 이전과는 전혀 다른 삶을 창조해나갈 수도 있다.

평생 숨겨야 한다고 생각했는데, 처음으로 제 아픔이 약점이 아닌 강점이 될 수도 있다는 것을 알게 되었어요. 심리상담가라는 새로운 꿈이 생겼고, 제 경험은 저만의 특별한 경쟁력이 될 거라 생각해요.

이 책을 통해, 스스로 낙인을 찍은 채 숨어 지내야만 했던 청소년이 어떤 계기와 변화로 '정신 건강 회복의 리더'이자 '아픔의 경험 전문가'로 성장했는지 알 수 있다. 정신과 진료실과 상담실, 학교 안에서 '치료가 필요한 아이' '자해하는 애' '문제아'로 취급당하던 이들이 새로운 기회가 주어졌을 때 얼마나 놀라운 잠재력을 발휘할 수 있는지. 그 가능성을 우리는 감히 짐작하지 못한다.

　우리는 역경을 어떻게 이겨내야 하는지 몰랐고, 누구도 가르쳐주지 않았다. 고통의 터널을 지나고 나서야 비로소 조금 깨닫게 되었다.

　우리는 바란다. 누군가 나에게 손 내밀어 주기를. 비록 손을 내민 그 사람 역시 터널의 끝이 어딘지 모르더라도, 힘내서 함께 터널을 빠져나가자고 말해주기를. 일어날 힘조차 없는 사람들에게 이 책이 바로 그러한 존재가 되기를 바란다. 극심한 정신적 고통을 경험해본 사람은 외부의 도움 없이 스스로 극복하는 것이 얼마나 어려운지 잘 알 것이다.

　여기 절망의 안개 속을 헤매던 당신 앞에 나타난 두 갈래의 갈림길이 있다. 나 자신을 계속해서 파괴하며 후회 속에 사는 길, 혹은 천천히 조금씩 더 나은 나로 성장하고 발전하는 길이다. 아픔을 통해 성장을 선택한 우리를 통해 당신도 성장의 길을 선택하기를, 내면의 힘을 다시 찾을 수 있기를 희망한다.

　우울은 전염성이 강하다. 그러나 용기의 전염성은 더욱 강하다. '다시 한번 잘 살아보겠다'는 삶에 대한 의지는 책이나 수업을 통해 배울 수 없다. 바로 죽음의 문턱에서 살아 돌아온 '용감한 생존자'들의 존재 그 자체를 통해 전파된다. 그들을 '슈퍼히어로'라고 불러도 좋겠다.

이 책에 담긴 생존자들의 이야기가 더욱 많은 사람과 연결되어 삶의 용기를 전염시키길 바란다. 이로써 청소년 시기의 정신과적 증상과 아픔은 더 이상 숨겨야 하는 부끄러운 문제가 아니라 예방하고, 적극적으로 도움을 구하고, 줄여나가야 하는 것임을 아는 사회적 분위기가 갖춰지기를 희망한다.

멘탈헬스코리아 부대표

장은하

차 례

조
수
현

2001년, 여름에 태어났다. 이름 탓인지, 우연 탓인지, 아니면 더운 여름을 버티라는 뜻에서인지 파랑을 자주 선물 받았다. 어쩌다 우울을 'Blue'라고 표현한다는 것을 알았고, 바다에서 시원하게 헤엄치는 내 모습이 떠올랐다. 우울을 도려낼 수도 없는 노릇이니 이왕이면 잘 지내보기로 마음먹었고, 그 후로 가장 좋아하는 색은 파랑이 되었다.

'버티면 괜찮아진다'는 말로는 버틸 수 없는 것들이 있다. '아프니까 청춘이다'라는 말은 어쩌면 기만이 아닐까? 이 말이 부정적으로 사용되자 또 누군가는 '아프면 환자'라고 말했다. 그런데 나는 그 말도 별로였다. 내가 겪는 아픔을 너무 단순화시킨다고 생각했다. 다리가 부러진 사람과 우울증을 앓는 사람을 보는 시선이 너무나 다른 현실에선 의미 없는 위로였다.

우울증을 앓는다고 고백하면 대개 어설픈 동정을 하는 부류와 편견을 쌓는 부류로 나뉜다. 네 명 중 한 명의 청소년이 우울증을 앓는 현실에서 이건 좀 너무하지 않나. 당장 나만 하더라도 적절한 치료를 받기는커녕 우울증이 있다는 사실마저 숨겨야 했다. 주위에 비슷한 사례가 널렸는데도 '아프니까 청춘이다'라는 말과 '어른이 되면 괜찮아질 거야'라는 말만 들었다. 말뿐인 위로를 받다 보면 더 우울해진다는 것을 알기나 할까? 실컷 아프게 만든 게 누군데…….

나는 치료받지 못한 채 스무 살이 되었다. 정상과 비정상의 잣대로 끊임없이 사람을 가르는 현실에서 내 경험을 공개하는 것이 솔직히 두렵지만, 용기를 낸 만큼 누군가에게 내 목소리가 전해지기를 바란다. 당신이 비정상이라서, 이상해서, 혹은 예민해서 우울증을 앓는 것이 아니라고, 우리 같이 힘내보자고 말하고 싶다. 아프면 아프다고 말할 수 있는 사회에서, 적절한 심리적 치료를 받는 사회에서 살고 싶다. 그러기 위해서 청춘이 아니어도 아픈 사람들을 돕는 길을 선택했다.

욕조 안 물고기

엄마는 죽고 나서 나무에 묻히면 좋겠다고 했는데
나는 죽고 나서 강에 뿌려지면 좋겠어
엄마는 내가 강에 뿌려진다면
남은 사람들이 날 기억할 수 있는 일을 방해하는 거라고
모두에게 외로운 일이라고 했지만

엄마, 그 강이 나야
내가 녹아 그 강이 흐르는 거고
내가 그리우면 그 강을 찾으면 돼

시간이 흘러 모두가 바빠지고 무뎌져
내 강을 찾지 않아도 괜찮아

저기 저 한강에 내가 묻히면
그 강이 바다가 되고
그러면 서해가 나고
어디에나 내가 존재하는 거야

엄마는 양지바른 나무가 되어 그늘진 곳에서 쉬고 싶잖아
나는 강에 묻혀 여기저기 흘러서 강이 되고 바다가 되어서
자유롭게 여기저기 여행 다니면서 살고 싶어

우울은 꼭 물 같다.
욕조에 누워 입술에 앉은 심장 소리를 가만히 듣다가 떠오른 생각이었다. 사람들이 괜히 글자를 끄적이고 발음하는 것이 아니다. 단어 하나하나에 깃든 복선과 굴곡을, 또 글자의 획을 날카롭게 매만지는 것엔 모두 이유가 있다.
처음 우울을 겪으면 솜이 뭉근하게 젖은 듯 움직임이 무거워진다. 물기를 머금은 몸이 가벼워지고 싶어서인지, 별안간 눈물이 흐른다. 귀가 먹먹해진다. 소리를 질러봤자 누구에게

도 들리지 않는다는 걸 깨달았을 땐 이미 물속에 잠겨 있다. 물속에선 아무리 울어도 티가 나지 않는다.

언제부터 엄마에게 내 상태를 말하지 않았더라? 우울증이 있다는 걸 인정하지 않았을 때부터? 치료를 거부하고 방치되었을 때부터? 지금도 충분히 버거운데 엄마에게마저 거부당하고 싶지 않았다.

엄마에게 자해하는 친구나 폐쇄병동에 입원해 동아리를 못 나오게 된 후배, 악플 때문에 생을 끊은 연예인 이야기를 했다. 우울의 주체가 내가 아닐 때 엄마는 비로소 우울을 이해하는 것 같았다. 그래서 나는 타인의 이야기를 통해 우울을 말했고, 엄마의 위로 섞인 말들에 천천히 내 이름을 덧붙여 적었다. 얕은 물이 살을 적시고 이내 삶이 된다. 숨 쉬는 법도 모른 채 무작정 아가미가 돋아난 기분이었다.

친구라는 강

       청소년이 정신과 진료를 받으려면 보호자 동의가 있
어야 수월해진다.♦ 그런데 가정폭력 때문에 우울증이 생겼
으니 당연히 보호자에게 말할 수도 없었고, 결국 치료도 못
받았다. 가장 가까운 가족에게 거부당한 경험 때문인지 가면

♦ 청소년의 특성상 환자에 대해 잘 아는 보호자가 내원하여 환자의 정보를 제공
받고, 청소년에게 큰 영향을 끼치는 가정환경에 대한 정보를 얻기 위해서라고 알고
있다. 미성년자 혼자 진료를 받고 처방전을 얻었다고 해서 법을 위반한 것은 아니
나, '진료 계약' 자체가 법률 행위라고 볼 수 있기 때문에 미성년자와 계약하는 상
대방(의사)은 법적 대리인인 부모의 동의를 요구할 수 있다. 개인병원 중 부모의
동의 없이 청소년 진료를 진행하는 정신 건강 의학과도 있으나, 대개 부모 동의를
요구한다.

을 쓰고 숨기는 것에 익숙했다. 항상 나를 있는 그대로 보여 주지 않았고 그래서 사람과 깊은 관계를 맺는 것이 어려웠다. 숨을 크게 들이쉬어도 텅 비어 있는 것 같은 공허함과 동시에 느껴지는 답답함…….

'우울증이 있다는 사실을 알면 나를 이상하게 보지 않을까?'라는 걱정이라기보단, 인간관계에 대한 근본적인 불신과 방어적 태도 때문에 관계의 깊이가 얕을 수밖에 없었다. 그래서 대화의 필요성을 못 느꼈다. 사람들 사이에 있을 때면 얇은 유리막이 나를 둘러싼 기분이었다. 반면 학교의 애들은 모두 밝고 행복해 보였다. 나의 외로움은 언제나 내 곁에 살아 숨 쉬고 있는데.

겨우 가벼운 농담을 던지는 것만이 내가 인간관계를 연명해나가는 방법이었다. 그런데 너무 오랫동안 나를 숨기고 연기하다 보니, 고등학교 1학년이 되면서부터 완전히 지쳐버렸다. 사람들 주변에 있는 것보다 혼자 이어폰을 꽂고 엎드려 있는 것이 편했다. 친구들은 그런 나를 보고 우울증이냐며 농담하듯 이야기했다. 그럴 때마다 나는 머리가 새하얘지며 할 말을 잃었다. 정말 우울증이 맞으니까. 그 후부터 감정이 없는 것 같다는 말을 자주 들었다. 우울한 티를 내지 않으려고 모든 감정을 숨겼기 때문이다. 그러자 말 그대로 정말 죽을 듯이 외로웠다.

이대로는 안 되겠다 싶어, 펜을 들어 내가 느끼는 감정에 대해 기록하기 시작했다. 쓰는 내내 눈물이 뚝뚝 흐르고 체했던 것을 게워내는 듯한 기분이 들었다. 꿈도 안 꾸고 단잠을 잔 그날부터 꾸준히 글을 썼다. 트위터 계정을 만든 뒤 비공개로 설정해놓고 그때그때 느낀 감정들을 썼다. 내가 나를 위로한 것이었다. 감정이 진정된 후 돌아보면 당시 느꼈던 자책감이나 죽고 싶던 감정이 많이 가라앉았다. 그렇게 혼자서 감정을 조절하는 연습을 했다.

그러나 어느 순간부터 친구들이 말을 걸어도 대답하지 않거나 말없이 약속을 깨곤 했다. 솔직하지 못한 탓에 친구들에게 철벽을 치느라 거리감을 느꼈기 때문이다.

어느 날에는 친구들과 어울리기 싫다는 글을 날카롭고 자극적인 언어로 썼다. 그런데 트위터에 오류가 발생해 이 글이 공개되었고, 친구들이 모두 보게 되었다. 내 글에 상처받은 친구들이 이게 무슨 상황인지 물어봤다. 횡설수설 사과를 하면서 내가 앓는 우울증에 대해 말했다.

지금 와서 생각해보면 트위터에 올렸던 날카로운 표현은

친구들에 대한 감정이라기보다, 항상 가면을 썼던 나에 대한 감정이었다. 다만 트위터 계정엔 개인적인 내용도 많이 적혀 있었거니와 준비되지 않은 상태로 누군가에게 솔직한 감정이 알려졌다는 게 충격이었다.

내 해명과 상관없이, 친구들이 화를 낼 거라 생각했다. 그런데 오히려 한 명씩 찾아와서는 "우울증이 있는 것을 몰라줘서, 신뢰를 주지 못해서 미안해. 혹시 불편해서 다른 친구를 만나게 된다면 그때는 이야기해줬으면 좋겠어. 네가 내 친구여서 정말 행복해"라며 따뜻한 위로를 건넸다. 그때 소매가 푹 젖을 정도로 울면서 생각했다. 사람과의 관계가 반드시 긍정적일 필요는 없다고. 친구들에 대한 경계를 내려놓고 조금만 더 솔직했다면 누구도 상처 주지 않았을 거라고.

고등학교 2학년이 시작되던 새 학기 첫날, 처음 보는 친구가 내 옆자리에 앉았다. 낯가림도 없고 정말 밝다고 생각하던 찰나, 갑자기 자기가 우울증이 있다는 사실을 털어놓았다. 그 친구는 나와 달리 자신의 감정에 무척 솔직한 편이었고, 그 모습을 보면서 나도 이 친구를 솔직하게 대할 수 있겠다는 용기가 생겼다.

그날 그 친구 집에 놀러 가서 그간 숨겼던 내 이야기를 털어놓았다. 그리고 서로 한참 울었다. 내 이야기를 끝까지 들어주는 사람이 있다는 것이 큰 위로였다. 울면 울수록 무언가 차오르는 기분이었다. 어쩌면 나는 내 이야기를 할 수 있는 누군가를 많이 기다려왔는지도 모른다.

이때 처음으로 내가 겪은 우울을 부끄러워하거나 숨기지 않는 태도가 중요하다는 생각이 들었다. 아픔을 솔직하게 꺼내놓다 보니 아픔을 겪었던 다른 친구들을 만날 수 있었고, 그들과 경험을 나누면서 완전히 위로받을 수 있었다. 불안이 심해질 때마다 친구들은 내 손을 붙잡고 직접 위클래스에 데려다주었고, 상담이 끝나는 시간에 맞춰 나를 데리러 왔다. 상담이 어땠는지 물어봐 주고, 내가 말하고 싶지 않아 보이면 더 궁금해하지 않았다.

우리는 좋은 책과 음악을 나누며 서로 있는 그대로 인정하고 위로해줬다. 우울하고 힘든 현 상황을 외면하지 않았다. 우울을 똑바로 마주 보면서 정말 잘 살고 싶다고 말했다. 그렇게 친구들 덕분에 학교에 다니는 것이 점차 행복해졌다. 친구들은 내게 강이 되어주었다. 영원히 흐르고 싶은 곳.

심해로 가라앉다

      고등학교 3학년이 되면서 심리 관련 동아리를 만들었다. 어느 날 동아리 활동 중 '비자살성 자해 현상(죽으려는 의도가 없는 자해)'에 대해 발표했다. 발표를 마치고 돌아오니 옆자리에 앉은 동생의 손목에 자해 자국이 가득한 것을 발견했다. 평소에도 유독 혼자 있어 많이 챙겨주고 잘 적응하도록 도와줬던 동생이었다. 조금만 더 관심이 있었다면 알았을 거라는 생각에 미안했지만, 갑자기 상처에 대해 물어보면 당황할까 봐 먼저 말해줄 때까지 기다렸다.

      그런데 그날 갑자기 동생이 더 이상 동아리에 못 나올 것 같다고 연락했다. 우울증과 공황 때문에 학교에서 버티는 것이 너무 힘들어 휴학하겠다는 것이었다. 원인은 가정폭력이었다. 되짚어보니 동아리 과제 제출 문제로 연락할 때, 동생은 지금 집에 없다는 말을 자주 했다. 자세한 이유를 말하기 힘들어서 더 묻진 않았지만, 분명한 건 동생에게 학교와 집은 안전한 공간이 아니라는 사실이었다. 동생은 학생들이 제일 기다리는 쉬는 시간, 체육 시간만 되면 숨조차 제대로 쉬지 못했다. 학교에 있는 것도 겨우 버티는 마당에, 집에서까지 폭력에 시달리니 어디로든 도망칠 수밖에 없었다.

마지막으로 동생이 학교에 나오던 날, 위클래스 교실에서 쉬는 시간 동안 대화를 나눴다. 나는 고등학교 1학년 때 친구들이 내게 그랬듯이 네 마음을 몰라줘서 미안했다고, 힘들면 언제든지 연락하라고 말했다. 그래서인지 몰라도 동생은 고마움의 표시로 장문의 편지를 주며 학교에 돌아오겠다고 약속했다. 고작 10분의 시간이었을 뿐인데 따뜻한 위로를 받았다고 했다. 만약 위로의 시간이 더 길고 잦았다면, 동생은 더 나은 학교생활을 할 수 있지 않았을까?

동생의 일과 내 경험을 엮어 생각해보니 우울을 앓는 청소년, 특히 가정폭력을 당하는 청소년에 대한 배려가 이 사회에는 전혀 없었다.

어렸을 때부터 우리 부모님은 자주 다투었고 종종 나한테 손찌검했다. 어떤 날은 너무 심하게 맞아서 학교에 못 갔는데, 다음 날 선생님이 얼굴에 난 상처를 보고 '부모님한테 맞았냐?'며 농담을 던졌다. 그 어이없는 말에도 나는 실수로 생긴 상처라 둘러대야 했다. 선생님은 부모 자식간에는 그래도 된다며 넘겼고, 그래서 나는 아주 오랫동안 부모님이 하는 모든 행위를 '그래도 되는 것'이라고 여겼다. 실상 내게 행해진 그 폭력들이 전혀 '그래도 되는 것'이 아니었음에도 말이다.

들어보니 비슷한 상황을 겪은 몇몇 친구들은 부당함을 느끼고 도움을 받고자 경찰에 신고하기도 했다. 그러나 경찰은 "가족이니까 잘 해결하라"는 무책임한 말만 한 뒤 돌아갔고 결국 어떤 문제도 해결되지 않았다. 오히려 경찰에 왜 신고했냐며 2차 가해를 당해서 그다음부턴 묵묵히 폭력을 견뎌야 했다.

집을 나가 청소년 쉼터에 도움을 청한 친구도 있었다. 하루 이틀은 무리 없이 머물 수 있었지만, 친구가 있던 곳에선 식사를 제공하지도 않았고 계속 집에 돌아가라고 강요하는 형식적인 상담이 계속되었다. 그래서 쉼터에 모였던 애들끼리는 차라리 친구 집에 가는 게 낫다고 말했다. 쉼터에 오래

머물러야 하는 경우 부모님에게 연락하는 것은 물론, 많은 사람과 한 방에서 지내며 휴대폰을 압수당하기도 했다. 썩 좋지 않은 이러한 환경에서 계속 머물고 싶어도 '우선순위'에 밀려나 어쩔 수 없이 퇴소당하는 일도 많았다.

제3자가 폭력의 심각도에 우선순위를 매기고 폭력의 근원지로 돌려보낸다니…… 폭력의 희생자는 폭력의 경중과 상관없이 보호받아야 하는데, 쉼터에 속한 관계자들은 누군가의 폭력이 대수롭지 않은 듯 말한다. '네가 너무 예민한 것일지도 모른다'는 태도와 '그 정도 폭력으론 도와주기 힘들다'는 식의 반응은 2차 가해가 아닌가?

결국 제일 안전해야 할 집에서 폭력을 당하고 나면, 도움받을 수 있는 곳은 어디에도 없다. 어쩔 수 없이 집에 돌아가면 또다시 폭력을 당한다. 벗어날 수 없는 굴레다. 심지어 우리나라 청소년들은 대개 보호자 동의가 있어야지만 정신과에 갈 수 있기 때문에, 치료 또한 어렵다. 나 또한 치료를 요구했을 때 부모님이 오히려 화를 내면서 시에서 주관하는 무료 상담을 끊어버리기도 했다(내가 직접 신청한 것임에도).

가정폭력을 당하는 청소년이 아니더라도 부모님의 반대로 치료받지 못하는 경우가 많았다. 그 결과 많은 청소년이 치료에서 배제당하고 있다. 자녀가 상담을 받고 나아지려 발버둥 쳐도 부모의 허락 없이는 불가능하다. 그렇다고 우울을 앓는 청소년들에 대한 복지나 인식이 괜찮냐고? 당연히 그렇지 않다. 앞에서도 언급했듯 내가 힘들 때 도움받았던 건 사회의 복지나 어른들이 아닌 같은 우울을 앓는 친구들에게서였으니까.

폭력에 길들여지다

폭력의 가장 큰 문제는 이것이 폭력인지 아닌지 쉽게 판단하기 어렵다는 것이다. 특히 가정폭력의 경우 대개 어렸을 때부터 발생하기에, 폭력에 무감해지면서 부모의 행동이 폭력이라고 생각하지 못한다.

나는 부모님의 싸움에 억지로 개입된 적이 많았다. 두 분의 싸움이 과열되어 말이 통하지 않을 때 말려야 했다. 심지어 엄마가 칼을 들고 안방에 들어가는 것을 막기 위해 안방 문을 열어야 했다. 그때의 나는 부모님의 싸움을 중재하는 존재 그 이상 그 이하도 아니었다.

　가장 혼란스러웠던 건 그렇게 심하게 싸워놓고 다음 날 아무 일 없었던 것처럼 넘어가는 상황이었다. 나는 왜 두 분이 싸웠고, 어떻게 마무리된 건지 물어봤지만 "우리 부모님도 이랬으며 다툼 없는 가정은 없다"라는 말만 반복할 뿐이었다. 예민한 애로 취급하니 나는 입을 다물 수밖에 없었다. 공포에 벌벌 떨면서도 그저 고개를 숙일 수밖에 없었던 내 자신이 무력했다.

　이 과정이 대략 아홉 살 때부터 반복되니 점차 '다른 가정도 그렇겠지'라 생각하고 폭력을 합리화했다. 어느 정도의 폭력은 이제 아무렇지도 않았다. 폭력이 사람을 바보로 만들었다.

　폭력이 폭력임을 알아차릴 수 있었던 것은 친구 덕분이었다. 나는 아주 오래전부터 우울을 느꼈으나, 이 감정을 무력함과 게으름 탓으로 착각했다. 학교에서 돌아오면 미친 듯이 잠을 자는 것으로 에너지를 보충하곤 했는데, 부모님은 그런 나를 못마땅하게 여겼다. 엄마는 술을 마신 뒤 축 늘어져 있는 내게 "너 때문에 인생이 불행하다"고 한참을 이야기했던 적이 있었다. 이를 친구한테 말했더니 친구는 부모님이 잘못된 행동을 한 것 같고, 내가 어릴 때부터 당한 폭력 때문에 우울증을 겪는 것 같다고 말했다. 친구 또한 심각한 가정폭력 피해자였기에 내가 겪은 폭력과 우울을 눈치챌 수 있었다.

친구에게 그런 말을 듣고 인터넷에서 우울증 간이 검사를 해보니 결과는 심각한 우울 상태였다. 너무 충격을 받고 화가 나서 부모님께 어렸을 때 당했던 폭력과 지금 겪는 우울에 대해 말했으나, 또다시 예민한 애 취급만 받았다. 어떤 말도 통하질 않으니 입을 다물고 집에선 잠만 자면서 버텼다.

그래도 한 가지 변화가 있었는데 부모님이 나에게 한심하다는 투로 말하면 나는 폭발하듯 화를 냈다. 그냥 말로 하면 소용이 없으니 발악한 것이다. 울고, 발을 구르고, 소리를 지르며 내가 얼마나 망가졌는지 보여줄 때 비로소 부모님은 내 이야기를 들어주는 것 같았다.

부모님한테 혼나고 때로는 맞아도 자포자기한 심정으로 학교까지 안 나가며 계속 저항하니까, 그제야 심각성을 인지했는지 엄마와 나는 각자 지역 무료 상담을 신청하기로 했다.

우리에게 필요한 것은 대화다

상담을 다니기 전에는 좋은 어른을 만나본 적이 거의
없었기에 과연 상담이 잘 이루어질지 의심이 되었다. 그래도
열심히 임해보자고 각오했다.

상담하며 가장 크게 깨달은 점은 내가 이상한 애가 아니라
는 것과 폭력을 합리화하기 위해 스스로 자존감을 낮췄다는
(도저히 이유를 찾을 수 없으니 나 자신이 그저 폭력을 당할 만
한 사람이라고 생각했던) 것이다. 또 누군가 내 이야기를 깊이
이해해주고 내가 겪었던 어려움을 위로해주는 경험은 정말
따뜻했다. 단순히 공감에서 그치지 않고 건강하게 자기 객관

화를 할 수 있어서 마음속 혼란을 줄일 수 있었다. 처음으로 어른에게 내 이야기를 털어놓으면서, 이 모든 일이 내 잘못이 아니라는 것과 나 혼자 숨거나 아파할 필요가 없었다는 것을 깨달았다.

부모님도 개선을 위해 노력하지 않은 것은 아니었다. 엄마는 개인 상담을 시작했는데, 처음엔 나와의 관계 개선을 위해 간 것이지만 어느새 본인의 회복을 위해 상담을 다닌 듯했다. 나는 관계 개선을 위해 동반 상담을 다니자고 했지만 거절당했다. 상담을 다닌 후 엄마는 폭력을 저질러 미안하다고 했지만, 여전히 내게 온전히 집중하는 엄마의 마음을 볼 수 없었다.

우울한 마음을 좀 덜기 위해 약을 먹겠다고 하자, 부모님은 자신들도 우울증 약을 복용한 경험이 있는데 효과가 없었다고 했다. 또 정신과 약을 복용한 사실이 기록에 남고 싶냐고 물었다. 그건 잘못 알려진 정보라고 설득했지만 소용없었다.

아빠는 조금씩 나아지는 듯했지만 내 문제에 대해 소극적이어서 아직까지 제대로 말을 꺼내지 못했다. 어렸을 때 부모님이 자주 싸운 건 아빠의 잦은 외도와 폭력 때문이었는데, 본인이 잘못한 걸 아는지 조금만 그 이야기를 꺼내도 아주 싫어했다. 위클래스 선생님은 가족 동반 상담을 추천했지만 비협조적인 부모님 때문에 할 수 없었다.

일단 삶을 사는 게 먼저라고 생각해 상담 선생님에게 자퇴와 휴학 이야기를 꺼냈다. 선생님과 학교를 그만둔 뒤 어떤 생활을 할지 계획해놓고 엄마에게 말했더니, 자세한 이야기는 들어보지도 않고 바로 상담을 끊어버렸다.

그 당시 나는 엄마와 함께 대화를 나누면서 왜 휴학과 자퇴를 생각했는지, 나를 극단적으로 몰아간 상황은 무엇이었는지 엄마가 알아주길 원했다. 상담이 끊긴 후, 나는 어떻게 지냈는지 생각하기도 싫을 만큼 끔찍하고 처절한 시간을 보냈다. 만약 그 이후로 좋은 친구들과 위클래스 선생님을 못 만났다면 나는 이 자리에 없었을 것이다.

한동안 부모님을 원망했지만, 결국 부모가 자식을 사랑하고, 자식이 부모를 사랑하는 것은 조건 없는 숭고한 일이다. 그러나 그 사랑이라는 이름으로 벌어지는 학대를 합리화할 수는 없다. 만일 사랑과 학대의 경계가 불분명하다면, 이 모호한 불편함이 우리를 괴롭힌다면 어떻게 해야 하는가?

니체는 '개선이란 무언가가 좋지 않다고 느끼는 사람들에 의해서만 만들어질 수 있다'고 했다. 이는 곧 문제의식을 느낀 사람들에게만 개선의 여지가 있음을 뜻한다. 문제를 느꼈다면? 우리에게 필요한 것은 대화다. 비록 나는 스스로 용서하는 방법을 택했지만 서로 대화하고 바뀌기 위해 노력한다면 더 빨리, 외롭지 않은 방법으로 괜찮아질 수 있을 것이다.

관계가 항상 긍정적일 수만은 없지만 고난과 불편함에 대해 소통할 때, 동등한 높이에서 사랑을 나눌 수 있다. 사랑의 형태는 저마다 다르지만, 사랑이 누군가를 찌르지 않도록 둥글게 깎아내는 게 대화의 역할이다. 사랑이 사랑다울 수 있도록 계속해서 대화해야 한다.

나를 위한 용서

아직도 나는 숙제를 짊어지고 있고 그것을 마주할 때마다 너무너무 힘들다. 그러나 나름대로 해결 방법을 찾고 있는데, 일단 주변 환경의 변화를 기대하지 않기로 했다. 가족의 위로와 사과를 기대한 상태에서 말을 꺼냈다가 그것이 좌절되니 상실감과 무력함이 커지고 또 다른 흉터가 됐다. 대신 내가 할 수 있는 선에서 나를 챙기는 방법을 택했다.

또 내가 먼저 용서하기로 했다. 화가 나는 상황을 상대방에게 솔직하게 말로 표현했다. 이때 어떤 반응을 해주길 기대하기보다는, 마음속 응어리를 상대방 앞에서 드러내는 것에 의의를 두었다. 이것을 나 자신이 덤덤해질 때까지 반복했다. 마침내 덤덤해지면 "그렇게 행동해서 슬펐지만 지금은 괜찮아"라는 말을 건넸다. 그러면 진짜 괜찮아졌다.

이 화법을 반복하다 보니 누군가 나를 인신공격하거나 멋대로 평가해도 아무렇지 않았다. 그들도 나와 똑같이 불완전하고 결핍이 있는 하나의 인격체임을 이해한 것이다. 그 사실을 이해하면, 그들의 말과 행동이 나에게 영향을 덜 주게 된다. 보다 나에게 집중하고 나를 위한 삶을 살 수 있다. 타인이 내 상처에 신경을 안 써도 괜찮다. 내가 신경 쓰면 된다. 내가 나를 위로하고, 그렇게 내 상처에 직접 약을 발라주면 조금씩 새살이 돋기 시작한다. 결국 용서는 타인을 위한 일이 아닌 나를 위한 일이란 깨달음도 얻었다.

낮은 자존감과 서툰 감정 표현은 내 인간관계를 망치는 주범이었다. 끊임없이 자신을 비하하며 스스로 자존감을 낮추니 사람들이 하는 칭찬을 믿지 않게 되었고, 어쩌다 안 좋은 말을 들으면 부풀려 받아들였다. 상대방에 대한 반응 또한 어정쩡할 수밖에 없었다.

이를 해결하기 위해 먼저 지금까지 잘 버텨왔던 것에 대해 인정하는 연습을 했다. 조금 우습지만 잠들기 전 우울해질 때면 눈을 감고 가만히 가슴을 토닥였다. "정말 잘 버텨줘서 고맙고 수고 많았다"라는 말을 해주며 나를 위로했다. 당장 정신적인 어려움을 느끼는 사람들에게 필요한 말은 'Love yourself'보단 'Admit yourself'가 아닐까 싶다. 아직 나는 나를 사랑까진 못하지만 인정할 순 있다. 위로할 순 있다. 지금까지 해왔듯 앞으로도 꾸준히 이를 연습하고 뻔뻔함을 더 키운다면 나를 사랑할 수 있겠지 싶다.

자신감을 기르기 위해 많은 친구와 선생님 앞에서 나를 뻔뻔하게 어필했더니 실제로 자신감이 늘기 시작했다. 감정이 없어 보인다는 의견을 받고 거울을 보며 연습하거나, 카메라에 녹화해서 자연스러운 표정을 지을 수 있도록 노력했다.

안 좋은 말을 과대 해석하는 습관은 거부당하는 것에 대한 두려움 때문이었다. 하지만 이 두려움은 곧 모두에게 사랑받고 싶다는 욕심과도 같았다. 그러나 인류 모두가 사랑하는 자애롭고 완벽한 사람은 없을 뿐더러, 나 또한 이유 없이 어떤 사람이 싫기도 했다. 불가능을 실현하고자 하는 모순에 빠졌음을 스스로 인정하자 사람들을 덜 신경 쓰기 시작했다. 다른 사람의 의견에 무조건 동의하지 않았으며, 이유 있는 비판은 수용했으나 이유 없는 비난으로 힘들어하지 않았다.

나는 글을 쓰거나 편지를 주는 것으로 종종 내 마음을 전했지만, 대면해서 표현하는 것은 정말 못했다. 감정을 글로 표현할 때면 여러 가지 단어나 표현이 떠오르나, 그것을 말로 옮겨 타인에게 전할 때는 '기분이 안 좋다, 우울하다'는 식의 단순한 표현에 그치거나 잘 모르겠다고 회피하게 되었다.

이를 해결하기 위해 인터넷에 감정 카드를 검색해서 여러 가지 감정을 표현한 단어를 순간순간 소리 내어 읽었다. 부정적인 감정에는 슬픔, 외로움, 비참함, 조바심, 아쉬움과 같은 나양한 설의 단어가 있었고, 나는 이 단어들로 감정을 세밀하게 정리할 수 있었다. 지금도 한글을 처음 배우는 아이처럼 감정을 표현하는 단어를 검색해 매일 기록하고 있다.

흔히 '타인은 구원이 될 수 없다'고 말하지만 나는 그 말에 동의하지 않는다. 타인에 의해 무너진 삶은 일부분 타인이 일으켜 세워줘야 한다. 사람과의 대화일 수도 있고 영화, 음악, 책이 될 수도 있다. 결국 나는 사람과 관련된 것에서 위로받을 수 있었고, 사람에게 위로를 건네주고 싶다는 마음이 나를 살고 싶게 했다.

내가 살아야 할 이유가 있다면 사람 때문이었으면 좋겠다. 어떤 일이든 사람을 위하는 일이니까. 누군가의 공허한 외침에 대답할 수 있다면 나 자신을 던지고 싶다. 언젠가 또 내 마음이 힘들어질 수도 있겠지만 당장 오늘은 행복하다. 이미 대부분의 날들이 그렇다. 만성적 우울에서 빠져나오지 못할 것만 같던 나에게 이런 날들이 오다니.

나 정말 꽤 잘 지낸다.

외딴 섬이 아닌 커다란 바다

책, 영화, 음악은 나에게 큰 위로였다. 현실 도피를 위해 만났던 각종 매체에서 나는 나만 우울한 게 아니라는 사실을 발견했다.

《인간 실격》이라는 소설을 좋아하는데, '익살'이라는 가면을 쓴 채 사람들을 대하는 주인공 요조의 모습이 나랑 꼭 닮았기 때문이다. 자비에 돌란 감독의 영화 속에 등장하는 '학대'라는 공통점으로 묶인 인물들을 바라보며 나는 내가 누군지 한 걸음 물러나 생각했다. 또 자우림 음악을 자주 들었는데 우울과 공허에 빠진 처절한 모습이 좋았다.

　그런데 우울한 예술 작품들을 접하다 보니 어느 순간 작품에서 전해지는 우울감이 나를 더욱 우울하게 했다. 내 슬픔이 그들의 슬픔보다 작아진 순간이었다. 《인간 실격》의 저자 다자이 오사무는 애인들과 동반자살 시도를 몇 번이나 했고, 저자의 자서전과도 같았던 소설의 주인공 요조는 혼자서 생을 마감한다. 자우림의 노래 〈낙화〉는 자살 과정을 이야기하는데, 가사에서 끝없는 우울을 느낄 수 있었다.

　공감은 충분히 받았다고 생각해서 위안을 받을 수 있는 것들을 찾았다. 《감정 수업》에 나오는 '가장 우울할 때의 본인을 제3자로 생각하라'라는 구절은 어린 시절 무력했던 내게 사과와 함께 따뜻한 포옹을 건네주었다. 넷플릭스 프로그램 〈모던 패밀리〉와 〈원데이 앳 어 타임〉을 보며 결핍된 가족의 사랑과 대화를 통한 갈등 해소에 대해 배울 수 있었다. 그리고 자우림의 노래 중 자기 자신을 응원하는 〈팬이야〉라는 노래를 좋아하게 됐다.

　너무 우울할 때면 욕조 안에 입욕제를 풀고 한참 있었다. 향이 나는 욕조 안에 있다 보면 기분이 풀어졌다. 물속에선 나의 움직임을 섬세히 자각할 수 있어서 살아 있음이 잘 느껴졌다. 씻고 난 후 찾아오는 상쾌함은 언제나 새로웠고 우울함은 물과 함께 떠내려간 듯했다.

또 일기를 썼다. 매일 의무적으로 쓰진 않았고 우울한 감정이 들 때마다 썼다. 처음에는 나만 볼 수 있는 메모장이나 트위터에 한 문장 정도로 적었다. 왜 우울했는지에 대한 내용을 적었다. 항상 울면서 쓰느라 자세히 쓸수록 힘이 빠졌고, 나는 더 쉽게 잠들 수 있었다. 자고 일어나면 쓴 글을 훑어보곤 지웠다. 일기 속의 내가 가엽고 마주보기 싫어서.

그러다 시처럼 짧은 글을 적기 시작하면서, 사람들과 글로 교류하고 싶다고 생각했다. 불특정 다수에게 노출되는 블로그에 글을 올렸다. 한 명 한 명 내 글에 반응해주는 사람이 생겼다. 힘들게 쓴 글을 올리면 사람들이 나를 위로해주었다. 역설적이게도 내 글에 위로받았다며 고맙다는 사람도 있었다. 그래서 나는 내가 쓴 글을 지우지 않았다. 어느덧 나의 글은 조금씩 '잘 살고 싶다'는 느낌으로 끝나기 시작했다.

안다. 우울을 겪을 때는 누군가가 건네는 위로조차 뜬구름 잡는 이야기로 들린다는 것을. 아픔의 무게와 형태는 사람마다 제각각이고, 세상에는 위로되지 않는 상처가 있으니까. 나 역시 위로의 말을 건네는 사람들을 믿지 않았다. 그런데 나를 위로해준 사람들은 지치지 않고 내 곁에 있었다. 나 혼자만의 시간을 존중해주되 가끔씩 연락해도 어색하지 않았다. 많은 것을 함께 나눌 수 있는 지금, 나는 '이해는 곧 꾸준한 노력'이라는 정의를 내릴 수 있었다. 그 사실을 이해하자 누군가에게 위로를 건넬 수 있었다.

우울은 헤엄치는 법을 모른 채 바닷속에 빠진 것과 같아서 발버둥 칠수록 더 깊게 빠진다. 그렇게 극심한 외로움에 허우적대며 스스로 외딴 섬이라는 생각을 했을 때, 친구가 문자를 보냈다.

내가 너의 삶을 바다라고 표현한 것은 온갖 문제가 항상 파도처럼 밀려오기 때문이야. 너는 잔잔한 호수로 살고 싶겠지만, 호수는 바다만큼 많은 생명을 품을 수 없잖아. 넌 수많은 사랑을 품은, 사람과 사람을 이어주는 배가 뜨는 탁 트인 바다야.

어쩌면 당신도 홀로 외딴 섬이 아니라, 하나의 커다란 바다인지 모른다.

끝나지 않는 우리의 이야기

요즘엔 방학이라 할머니 댁에서 아르바이트를 하면서 지내고 있는데,
가끔은 힘들었다는 사실이 먼 이야기처럼 느껴지기도 한다.
과거의 나를 보면 타인 같아 낯설다.
온전히 노력할 수 있을 정도로 회복했기 때문일 것이다.
학창 시절엔 경험할 수 없었던 긍정적인 노력과 결과들을
하나씩 쌓아 올렸더니 내가 더 단단해져감을 느낀다.
가족에 대한 면역은 아직도 부족하지만,
평생 끊어낼 수 없는 가족이란 관계에서
상처 입지 않는 방법을 연습하고 있다.

우
가
은

2005년, 한 집안의 외동딸로 태어나 많은 기대를 받고 자랐다. 그 기대에 부응하기 위해 어렸지만 매일 최선을 다했다. 하지만 비극적인 일은 끊이지 않았고, 이 과정을 겪으며 감정은 무뎌졌다. 옥처럼 아름답게 빛나라는 뜻의 이름을 가진 그녀는 어둡게 빛났다.

하지만 이제는 어둡지 않다. 새로운 도전을 하며 남들보다 좋은 세상을 만들어보겠다고 다짐한다. 무모하다 할 수도 있겠지만 그럼에도 뛰어들려고 한다. 아픔에 대한 고백이 어쩌면 앞길을 막는 장애물이 될지도 모르지만 이겨내기로 했다. 두려움을 무릅쓰고서.

다른 사람에게 한 줄기 빛이 될 수 있다면, 그들이 조금 덜 아플 수 있다면 최선을 다하고 싶다. 아팠던 이들의 웃는 모습을 볼 수 있다면 온 힘을 다해 진심을 전하고 싶다.

나를 지키기 위한 거짓말

나는 정신질환이 있었다. 물론 병원의 정식 진단을 받은 건 아니지만 스스로 느끼고 있었고, 누구나 쉽게 알아차릴 만큼 증상이 확실했다. 우울증, 불면증, 대인기피증, 회피성 인격장애 등의 증상들이 한꺼번에 나타났다. 아직까지도 불면증과 오랜 친구처럼 지내고 있고, 우울증과 불안함을 곁에 둔 채 살고 있다.

나는 어릴 때부터 차별을 받았다. 친가 분위기는 남아선호 사상으로 물들어 있어, 대놓고 나와 한 명밖에 없던 사촌 언니를 무시했다. 친가 사람들은 내가 찾아가더라도 달가워하지 않았는데, 특히 친할머니는 철저하게 나를 차별했다. 이후 친가와 왕래하지 않으면서 나아지기는 했지만 그때 생긴 마음의 상처는 쉽게 낫지 않았다.

초등학교 4학년이 되자 심각한 학교폭력이 나의 삶에 들이닥쳤다. 나에 관한 어이없는 소문이 돌면서 친구들에게 배척당했다. 소문은 선배들에게 퍼졌고 그 이후 집단 학교폭력이 시작되었다. 내가 렌즈를 끼고, 화장과 염색을 했다는 소문이었는데, 사실 렌즈를 낀 적도 없었고 간혹가다 미백크림과 틴트를 바른 것이 전부였다. 점심시간이면 시작되는 손가락질과 수군거림, SNS로 전해지는 선배들의 질책과 욕설은 단지 내가 '꼴 보기 싫다'는 이유로 끝없이 계속되었다. 나는 이대로 계속 살아야 할 이유를 찾을 수 없었다.

같은 반 친구조차 나를 따돌리는 상황에서, 나는 죽음이 고통을 끝낼 수 있는 가장 좋은 방법이라 생각했다. 옥상에서 투신하려고 했으나 결국 실행에 옮기지 못했다. 혼자 아파하며 '1년만 버티면 되겠지'라는 생각으로 버텼다. 이는 안일한 생각이었고 끝없이 몰아닥친 힘겨운 상황이 갈수록 나를 피폐하게 만들었다.

반 아이들이 선생님에게 이야기하며 학교폭력으로 신고되었지만 제대로 된 처벌은 이루어지지 않았다. 학교에서는 모든 상황이 해결되고 나서야 부모님한테 알리게끔 했다. 그런데 학교는 내가 학교폭력을 당했다는 사실을 얼버무린 것도 모자라 그것이 마치 내 잘못인 양 이야기했고, 아무것도 모르던 부모님은 내 설명을 듣고 나서야 진실을 알게 되었다. 학교에 이의 제기를 하자고 했지만 나는 너무나도 지쳐 부모님을 말렸다. 이와 관련된 상황에 또다시 얽히기 싫었다.

어이없게도 내가 6학년이 되던 해에 학교는 '학교폭력 없는 학교' 상장을 받았다. 얼마나 많은 학교폭력이 이렇게 묵과되었을까? 이 사건 이후 난 절대적으로 학교를 신뢰하지 않았다.

나는 나를 지키기 위해 거짓말을 시작했다. 남들이 쉽게 건드리지 못하도록, 남들보다 뛰어나야만 한다고 생각했다. 그래서 SNS에 라이브 방송을 시작했고 꾸준히 하다 보니 시청자가 1천 명에 이르기도 했다. 그런데 그 방송에서 했던 말이 큰 문제가 됐다. 내가 한 기획사의 오디션을 봤고 2차에 합격해 소속사 연습실에서 잠시 연습했다고 거짓말을 한 것이었다. 누구보다 뛰어나고 싶다는 욕심에 무심코 한 말이 나를 옥죄는 사슬이 되었다.

거짓말에서 온 스트레스가 나를 괴롭히던 와중에 사람들이 내 SNS에서 계속 싸워댔다. 결국 사실을 밝혀야겠다고 마음먹었다. 자그마치 3시간 동안 울면서 쓴 글을 올리고 난 뒤, 나는 엄청난 질타와 욕설을 받았다. 1천 개 넘는 댓글이 달렸는데, 70여 개를 제외한 모든 댓글이 나와 부모님에 대한 욕이었다. 심지어 성적인 모욕을 하는 사람도 있었다.

그 비난을 모두 받아들이겠다고 다짐했던 나는 악플들을 하나도 빼놓지 않고 다 읽었다. 내가 잘못한 일이니까 반성해야 한다는 마음으로. 하지만 나도 사람이기에 악플에 상처받지 않을 수 없었다.

당시 난 죽을 용기가 없었지만 어떻게든 죽고 싶었다. 아무 일도 없었던 것처럼 학교에 다니는 학교폭력 가해자들과, 그때 일 이후 겉으로만 친한 척하는 친구들에게 죄책감을 주고 싶었다. 무엇보다 이 세상에서 버틸 자신이 없었고 숨 쉬는 것조차 힘들 정도로 아팠다. 그렇게 난 유서 두 장을 써놓고 난간을 붙잡았다.

그때 유일했던 친한 친구의 만류로 나는 다시 살아갔다. 그러나 여전히 살고 싶다는 생각은 없었다. 자살을 시도한 후 세상의 모든 빛이 사라졌다. 남은 건 또다시 매일을 버텨야 한다는 좌절감과 마음에 자리 잡은 어두컴컴한 아픔이었다. 아직도 이 일을 생각하면 손이 떨린다. 이것 역시 내가 책임져야 할 일이고, 안고 살아가야 하는 짐이라고 생각한다. 그 탓에 몇 가지 정신질환을 가졌지만.

그런데 의문이 들었다. 왜 잘못하지도 않은 우리 부모님이 욕을 먹어야 했을까? 왜 우리 부모님은 나를 낳았다는 이유로 성적인 모욕을 받아야 했던 걸까? 나는 공인이 아니었지만, 그 순간 악플에 시달리는 공인, 연예인 들의 마음이 이해되었다. 한 가지 잘못을 저지르면 온갖 관련 없는 낭설과 루머, 언어폭력에 시달려야 하는 사람들이니까. 내 잘못이 내 잘못만으로 끝나지 않고 내 주변 사람들의 책임이 되는 것이 고통스러웠다.

또 앞으로 사죄하고 반성하며 산다고 해도 계속 회자되리라 생각하니 두려웠다. 무거운 과거의 짐을 지고 대중 앞에 섰을 때, 이 짐을 들키기라도 한다면 또다시 많은 질책을 받아야 한다는 생각이 들자 끔찍했다. 그러나 나는 내 정신적 문제가 나 때문에 생겼다고 믿었기 때문에 누군가에게 쉽게 드러내지 못했다. 솔직히 누가 봐도 내 잘못인 것처럼 보였으니 도움의 손길을 요청하기가 참 힘들고 싫었다. 혼자 아파하고 또 아파했다. 그렇게 혼자서 이겨내기 위해 미련한 짓을 하다 보니 갈수록 정신질환들이 심각해졌고 한계에 닿았다. 정신질환은 나를 지옥 끝으로 내몰았다.

가면을 쓰다

중학교 1학년 시절, 학기 초 진행하는 검사에서 우울증이 의심된다는 결과가 나왔다. 나는 내심 도움을 받고 싶었기 때문에 오히려 기회가 찾아왔다고 생각했다. 결론은 아니었다. 학교에서 진행한 위클래스 상담은 내 기대에 전혀 미치지 못했다. 오히려 더 상처받았다. 내 이야기를 털어놓는 동안 상담 선생님은 내내 공감하지 못하겠다는 표정으로 바라보더니, 이렇게 말했다.

"나는 그렇게 생각하지 않는데 너는 그렇게 생각했다니 의문이구나."

　상담에서 가장 중요한 것은 공감과 경청이라고 했는데, 이 말을 들은 나는 귀를 의심하면서도 내가 그만큼 이상한 사람이라고 생각했다. 거기서 그치지 않고 "너는 상태가 심각해서 외부 교수님을 불러야 하니 부모님께 말씀드릴 거야"라며 일방적으로 통보했다. 학생의 정서보다 학교의 절차가 우선이었다. 부모님에게 절대 알리고 싶지 않았던 나는 울고불고 사정해서 간신히 연락이 가는 것을 막았다. 첫 번째 상담에서 끔찍한 경험을 한 후, 나는 거짓 답변으로 선생님을 속이기 시작했다. 다시 검사를 했을 때 우울증 의심 결과가 나오지 않게 하기 위해서였다.

　어느 순간 가면을 쓰고 있는 나를 발견했다. 아프지만 즐겁다고 말했고, 힘들지만 힘들지 않다고 이야기했다. 겉으로 누구보다 나를 위하는 척하면서 나를 혹사시켰다. 남들에게 손가락질당하지 않기 위해 시선을 의식하며 항상 웃었다. 그러고는 속으로 '저 사람이 나를 욕하지 않을까' 수없이 걱정했다. 사람들은 나를 '그냥' 우가은으로 보지 않을 거라고 생각했다. 내 이름 앞에 많은 수식어가 붙을 것이었고, 그 수식어가 나를 결정하리라고 생각했다. 이것이 나를 기두고 괴롭히는 또 하나의 편견이 되는 줄도 모르고.

가면을 쓴 채 억지로 웃고, 억지로 모든 걸 해내고 있었지만 그게 나를 다치게 한다는 생각은 전혀 하지 못했다. 어쨌든 일의 마무리는 지어졌으니까. 하지만 그 속에 무수한 불면의 시간과 심적 부담감이 섞여 있다는 사실을 잊고 있었다. 감당하기 어려울 정도로 많은 상처가 생기고 나서야 가면 속에 숨겨진 아픔을 보았다. 뒤늦게 그 사실을 알았지만, 어떻게 해야 할지 몰랐다. 가면을 쓰고 지내는 게 쓰지 않는 것보다 더 편하고 익숙했으니까. 한편으로는 가면을 쓰고 있는 나 자신이 싫었고, 사람들 앞에 당당히 맨얼굴로 서고 싶었다. 수없이 도전했지만 가면은 그대로였다.

하지만 이제는 가면을 쓰고 있는 내가 싫지 않다. 가면을 쓰는 건 나쁜 것이 아니다. 내가 싫어하는 순간 나빠지는 것이다. 가면은 사람 사이의 적절한 거리를 유지해주고 그 거리는 나를 지키는 데 꼭 필요하다. 요즘 시대에는 나처럼 가면을 쓰고 살아가는 게 익숙해진 사람들이 너무나 많지 않은가.

나는 저마다의 슬픔을 가지고 있는 사람들이 슬픔을 숨기려는 마음을 이해한다. 감정을 숨기는 것이 잘못된 게 아니리는 사실을 이제는 안다.

소중한 사람의 빈자리

　나는 소중한 사람을 잃은 경험이 있다. 힘든 세상 속에서 유일한 안식처가 되었던 이들은 병으로, 갑작스러운 사고로 내게서 멀어졌다. 아직도 이 이야기를 꺼내기가 두렵다.

　가장 힘들었던 건 큰할아버지의 별세였다. 소식을 들은 건 어머니로부터였다. 부모님은 큰할아버지의 건강이 많이 안 좋아졌다는 연락을 받고 급히 고향인 문경에 내려가셨다. 등교 문제 때문에 나는 가지 못했는데, 부모님이 도착하고 2~3시간 뒤에 돌아가셨다고 했다. 큰할아버지는 니를 예뻐해 주신 몇 안 되는 분이었기에 내게는 한 줄기의 빛이었다. 길 위에서 부고를 들은 후 곧장 담임 선생님에게 연락해 3일의 시간을 얻었다.

문경에 가는 날까지 이 사실이 믿기지 않았다. 빈소에 걸린 큰할아버지의 영정 사진은 너무나 충격적이었다. 나를 보며 환하게 웃어주시던 할아버지가 액자 속에서 하얀 국화에 둘러싸인 모습을 보는 순간 정신이 멍해졌다. 차마 그 자리에서 울 수 없었다. 내가 울면 모두 울 것 같아서, 나는 울 자격조차 없는 것 같아서 그랬다.

몸이 바빠야 슬픈 생각이 덜 날 것 같아서 열심히 빈소의 일을 도왔다. 잠깐 내려와 차에서 눈을 붙이려는데, 전혀 잠이 오지 않았다. 대신 눈에서 한 방울의 물이 뚝 떨어졌다. 그 눈물을 시작으로 하루 동안 참은 눈물을 모두 흘렸고 울다 지쳐 잠이 들었다.

죽음을 겪은 이후 많이 힘들었다. 아름다운 목소리로 나를 위로해주던 가수도, 끊임없는 신뢰를 보여준 친구도, 큰할아버지도 떠난 빈자리는 너무 공허했다. 나의 일부분이 사라지는 느낌이었다. 일상을 되찾고 싶어서 할 수 있는 건 닥치는 대로 다 했다. 잠깐이나마 모든 것을 잊고 생활할 수 있었다.

그것에 만족하기로 했다.

평범한 일상으로 돌아오기까지는 생각보다 오래 걸리지 않았다. 아무런 일도 없었던 것처럼 행동하자 주변 사람들이 나를 걱정했다. 하지만 내 상태를 천천히 살펴볼 시간 따위는 없었다. 생각할 틈이 없을 정도로 바빠야 겨우 숨이라도 쉴 수 있었기 때문이다. 죽지 않기 위해 그렇게 살았다. 물론 그럴수록 나의 정신 건강은 조금씩 나빠지고 있었다.

평범하게 살아간다고 생각했지만, 다른 사람이 보기에 나는 바로 쓰러져도 이상하지 않을 정도로 안색이 좋지 않았다고 한다. 계속해서 안 좋은 일들이 내게 일어났으며 잘 풀리던 일조차 엎어지게 되었다. 그제야 나를 살펴보며 억지로 버텨왔음을 깨달았지만 이미 불면증은 심각한 상태였다. 약국에서 수면유도제를 사 먹었고 두통이 너무 심해서 진통제를 먹지 않으면 잠을 못 자는 지경에 이르렀다.

그때 난 다시 마음먹었다. 소중한 사람의 빈자리를 치우기로, 기일 이외에는 기억하지 않기로 말이다. 이 결정을 하는 것도 힘들었지만 냉정해지기로 했다. 속된 말로 '나쁜 년'이 되기로 한 것이다. 시계는 부품이 빠진 채로 갈 수 없지만, 새로운 부품을 채워 넣으면 된다. 내 인생의 시계 역시 그들이 빠져나가면서 고장났다. 하지만 다시 '나'라는 강하고 튼튼한 부품을 새로 채워 넣었다.

그렇게 나는 지금의 내가 되었다. 그들은 나의 추억 속에서 하나의 추진력이 되어 나를 움직이고 있다. 그들과의 추억이 나를 더 멀리 날게 한다.

증오하며 발견한 삶의 방식

　나는 거의 모든 사람을 증오했다. 가장 처음 나를 불행하게 만든 사람부터 내게 스트레스를 주는 사람들까지. 어른들은 항상 누군가를 미워하면 안 되는 거라고 말했다. 사람은 누구나 실수하니 이해하고, 받아들이려고 노력해야 한다고. 나는 그 사실을 너무나도 잘 알고 있었다. 나 또한 실수하니까.

　하지만 유독 용서되지 않는 사람들이 있다. 할머니와 고모들이다. 대부분 사람들은 할머니를 따뜻한 존재로 기억하겠지만 나는 그렇지 않다. 고모들, 과연 그들이 진짜 나의 고모였을까 생각될 정도다. 삼촌과 작은아버지, 직계 혈통이라지만 피가 섞이지 않았기를 간절히 바랐다. 그들이 나와 어머니에 관한 근거 없는 말들을 퍼뜨려서 친가 사람들에게 수군거림을 들어야 했던 나날들을 지금도 잊지 못한다.

그렇기에 나는 그들을 증오한다. 그들에게 받은 상처는 무엇으로도 치유되지 않았기에 그들을 이해해야 한다는 것이 내겐 너무 무리한 요구였다. 그렇게 이해 대신 증오를 선택했다. 어쩔 수 없이 그들과 마주했을 때는 가식적인 웃음을 지으며, 손녀로서 최소한의 예의를 지켰다. 대신 그들이 하는 말은 한 귀로 듣고 한 귀로 흘렸다.

그렇게 깊숙이 증오해보니 조금씩 이해가 됐다. 누군가 싫어지는 데에 이유가 없을 수도 있는 거였구나(물론 나에게는 이유가 있었지만). 이유 없이 나를 싫어하는 사람들에게 인정받기 위해 얼마나 많은 노력을 했던가? 쓸모없이 노력한 시간이 아까웠지만 어찌 되었든 나는 성숙해졌고, 증오는 평생이해하지 못할 것 같던 사람들을 이해하게 만들었다. 관계가 끝날 때까지 선을 지키며 더 이상의 감정을 소모하지 않음으로써 그들과 나는 철저히 분리되었다. 그렇게 나를 지키는 또 하나의 삶의 방식을 발견했다.

철저히 증오하는 사람들에 대한 나의 마음은 앞으로도 변하지 않을 것 같다. 내 인생에 상처를 주고 지나가는 사람을 붙잡고 관계 개선을 바란다면 나중에는 증오할 힘조차 남아 있지 않게 될 것이다. 증오라는 감정은 잔인할 수도 있다. 그러나 평생을 상처받으며 고생하는 것보다는 나은 선택이라고 생각한다. 우리는 언제까지나 착한 사람일 필요가 없다.

비행의 시작

    지금 와서 생각해봐도 도대체 어떻게 혼자서 그 상황들을 버틴 것인지 신기하다. 지금도 많은 상처를 갖고 살지만 그렇다고 해서 약하거나 이상한 사람은 아니다. 이미 아픔을 겪었고 흉터들만 남아 있는데, 이 흉터가 성장의 발판이 되었다고 생각한다. 지금의 나는 예전의 나보다 강해진 게 사실이니까.

    그 증거로 나 자신에 관해 솔직히 이야기할 수 있는 멘탈헬스코리아에 지원했다. 그곳을 알게 되고 신청하기까지 다

30분밖에 걸리지 않았다. 그동안 나의 아픔과 상처가 남에게 힘이 될 수 있다는 생각을 하지 못했는데, 도움이 될 수 있다니 기뻤다. 또 치부라고 생각했던 경험들이 나를 강하게 만들었다는 사실을 증명해내는 것이 새로웠다.

멘탈헬스코리아에 합격한 뒤, 약 한 달간 주말마다 서울에 오가며 수업을 들었다. 그곳에는 다양한 사람이 있었다. 공통적으로 모두 아팠고 힘들었던 사람이었고, 그래서 더 친해진 것 같다. 처음에는 이룰 수 있을지 없을지도 모르는 모험을 한 것 같아 수없이 고민했지만 그냥 한번 달려보기로 했다. 혼자 가지 않았기에 덜 두려웠다. '다 같이 한다면 언젠가는 되겠지'라는 막연한 희망을 품고 도전했다.

그리고 1년 동안 많은 것을 이뤘다. 국내 최초 청소년 정신 건강 페스티벌인 BABA 피크닉 연설, 연세대 세브란스병원 의과대학 강연, 라이프 콘서트 참여, 국회 발표, 청소년문화의집 강연, EBS 〈파란만장〉 출연, 각종 인터뷰 등……. 그리고 2년 만에 책을 낼 수 있는 글을 완성했다. 길다면 길고 짧다면 짧은 시간이었다. 우울하고 싶지 않아서 달리던 옛날과는 또 다른 바쁨이었다. 이 바쁨이 행복했다.

첫 연설을 하던 날이 기억난다. '누군가에게 내 이야기가 마음을 울리는 위로가 되겠지''내 상처와 눈물이 다른 이들에게는 버팀목이 되겠지'라는 생각으로, 서울로 올라가는 기차 안에서 떨렸던 나를 다독였다. 맨땅에 헤딩하는 마음이었지만 막상 강단에 서자 떨리지 않았다. 이런저런 고민이 하나의 생각으로 전환되는 순간이었다. 나와 같은 아픔을 겪은 사람들에게 내 이야기를 솔직히 털어놓고 함께 공감하고 싶었다.

강연 도중 자신의 아이가 자해했었다고 밝히며 우는 어머니를 보고, 내 마음이 누군가의 마음을 여는 열쇠가 되었을지도 모르겠다고 생각했다. 그 열쇠로 다른 사람의 마음뿐만 아니라 내 안에 닫힌 많은 문을 열고 있다.

편견에 상처받은 사람으로서 이야기하고 싶은 것이 있다. 편견은 생각보다 훨씬 위험하다. 사람을 구분 짓고, 누군가는 편견에 의해 끊임없이 소외당한다. 특히 정신적 문제와 관련한 편견이 가장 심각하다(직접 겪어봐서 잘 안다). 정신병자라는 편견은 내가 하고 싶은 일을 하지 못하게 막았고, 꿈을 꾸는 것조차 힘들게 했으며 인생 최악의 시기를 겪게 해줬다. 정신질환자는 잘못한 게 없다. 단지 안 좋은 상황 속에서 아파했던 것뿐이다.

정신질환자를 편견의 시각으로 바라보는 사람들에게 이야기해야 한다. 당신들은 우울해본 적이 없냐고, 당신들은 단한 번도 죽고 싶은 적이 없냐고, 당신은 무시당하고 차별받는 기분을 아는데도 차별하는 거냐고, 차별을 당해야지만 꼭그 마음을 아는 거냐고 따져야 한다. 물론 이런 감정을 겪어보지 못한 사람도 있을 것이다. 그러나 사람은 겪어보지 않아도 알 수 있는 '공감 능력'이 있지 않은가. 그 공감 능력을 발휘해야 할 시간이라고 말해주고 싶다.

또 힘든 시기를 겪고 있는 사람들에게 말해주고 싶다. 가슴속 상처를 밝힌다는 게 두렵다는 것을 너무나 잘 알고 있다. 보통 상처는 감춰야 하는 치부라고 생각하니까. 하지만그 상처 때문에 성장하지는 않았는가? 앞에서 공감 능력에 대해 말했지만, 상상하는 것과 실제로 겪는 것은 엄청난 차이가 있다. 그리고 당신은 상처가 된 당신만의 '경험' 때문에 성장한 오직 단 한 사람이다.

자살 시도자임을 밝혔던 내 영상이 처음 유튜브에 올라갔을 때, 나는 시간 날 때마다 조회 수와 댓글을 확인했다. 혹시라도 아는 사람이 나를 비난할까 봐, 나를 알아보고 지옥 끝으로 내몰까 봐 두려웠다. 하지만 댓글은 모두 나를 응원하는 내용이었다. 그때 느꼈다. 뭐든지 해봐야 알 수 있다고. 스스로 만든 틀에 갇혀 힘들어하고 아파했던 시간은 한순간에 사라졌다. 나를 응원해주던 댓글로 말이다.

그때부터 나는 믿었다. 간절한 진심을 담은 이야기는 다른 사람에게 위로와 응원이 될 수 있다는 것을. 누구든 최소한 한 사람 정도는 나의 진심을 이해해주리라는 것을. 그러니까 우리는 다른 사람의 마음에 닿기 위해 끝없는 비행을 시도해야 한다.

더 멀리 날기 위하여

방탄소년단의 멤버인 슈가가 했던 말이다.

추락은 두려우나 착륙은 두렵지 않다.

이 말은 나의 좌우명이기도 하다. 나는 이 말처럼 멋지게
착륙할 때까지 날아볼까 한다. 그 과정에서 흔들릴 수도 있
다. 그럼 잠깐 흔들리기만 할 생각이다. 추락하기엔 너무 이
르니까.

누구나 과도기를 겪는다. 그리고 나는 이 과도기를 수없이

겪으며 아픔에서 벗어나는 것은 불가능하다고 생각했다. 단지 익숙해질 뿐이라고 여겼다. 그런데 지금은 생각이 다르다. 아픔을 이겨냈고 나는 지금 자유롭게 날고 있다. 또 다른 과도기가 온다고 한들 두려워하지 않기로 했다. 다시 이겨내면 되니까. 나의 비행은 쉽게 끝나지 않을 것이다.

이 책을 읽는 당신도 나처럼 더 멀리 날았으면 좋겠다. 당장은 힘들 수도 있다는 것을 안다. 지금 당장이 아니더라도 조금씩 비행이 익숙해지면 그때 더 먼 곳으로 향하는 도약을 시도할 것이다. 과도기가 끝나고 내게 새로운 비행이 열린 것처럼, 분명 어려운 시기를 지나는 당신의 과도기도 끝날 것임을 믿어 의심치 않는다.

끝나지
↘ 않는
우리의
이야기

힘듦을 이겨냈지만, 아직도 종종 힘들고 아프다.

가끔은 눈물을 흘리며 혼자 무너지기도 한다.

그랬기에 내가 이 말들을 전해도 되는 건지 고민했었다.

하지만 나는 그런 상황들을 겪어내면서도 이겨내고 있었다.

난 앞이 보이지 않는 비행을 하고 있지만,

추락이 아닌 착륙을 위해 나의 이야기를 만들어나갈 것이다.

착륙이 있어야 새로운 시작도 가능하기에.

이 책을 읽는 여러분이

착륙하는 비행을 하기를 간절히 기도할 것이다.

수고했어, 가은아.

강지오

2004년에 태어났다. 멘탈헬스코리아 2기로 이너뷰티 스쿨을 수료하고 피어 스페셜리스트로 활동 중이다. 2019년, 국회에서 열렸던 자살예방종합학술대회와 세브란스병원 의과대학에서 열린 생명사랑위기대응센터 심포지엄에서 연설했다. 지금도 사람들에게 위로를 주기 위해 힘쓰고 있다.

이 모든 과정은 트라우마에서 시작되었다. 학교폭력의 피해자로 초등학교 시절을 보내면서 견디기 힘든 날이 반복되었고, 이것이 자해와 자살 시도로 이어졌다. 유서 쓰기와 자살 예행연습을 하며 자유를 찾아 헤맸다. 자살 계획은 모두 실패했고 자유를 찾기 위한 다른 방안으로 가출, 자퇴 등을 했다.

여전히 무기력에 빠져 우울과 불안이 밀려오기도 하지만 이제는 꿋꿋이 버티는 힘이 생겼다. 지금 이 순간을 버티기 어려운 모든 청소년이 살 만한 사회를 만들어, 모두의 행복지수가 올라가도록 하는 게 목표다.

폭력은 사소하게 시작된다

"네가 맞을 짓을 했겠지."
"그 애가 이유 없이 널 괴롭혔을까? 네가 원인일걸."

학교폭력을 당하던 시절 직접 들었던 말이다. 폭력의 이유
는 사소했다. 지적장애가 있는 친구랑 친하게 지내서였다. 이
친구는 민현(가명)이었다.

민현이랑은 일곱 살 때 딱 한 번 같은 반이었는데 성격이
잘 맞아 친하게 지냈다. 나는 초등학교 1학년 때까지만 해도

친구들과 두루두루 잘 지내서 반장도 해보고 모범상도 받았다. 그러나 2학년 새 학기부터 괴롭힘이 시작되었다. 다른 아이들은 내가 민현이와 친하게 지낸다는 이유로 나를 조금씩 소외시켰다. 처음엔 "민현이랑 뽀뽀하고 결혼했다" "장애인이랑 어울려서 더럽다"와 같은 말들을 수군거리며 놀려댔다. 이해되지 않는 것은 장애이해교육에서 수상했던 아이들조차 그런 식으로 말을 퍼뜨렸다는 사실이다.

괴롭힘은 조금씩 노골적으로 변해갔다. 지나가는데 발을 걸었고, 하고 있는 일을 방해하거나 물건을 뺏는 일이 많아졌다. 더군다나 담임 선생님은 학생들을 차별했다. 아이들마다 등급을 매겼으며 내가 괴롭힘당하는 것을 알고 있었음에도 묵인했다. 반면 학부모 앞에서는 온갖 아양을 다 떨었다. 그런 행동을 두 눈으로 보고 있자니 교사로서 자질이 부족하다고 느낄 수밖에 없었다. 누구의 도움도 받지 못했던 나는 민현이와 더 돈독해졌고, 그렇게 의지하며 서로를 지켰다.

3학년이 되자 괴롭힘은 더 심해졌다. 물리적인 폭력 대신 언어폭력을 당했고 그것은 견디기 힘들 만큼 나를 망쳐놨다. 급기야 장애인 전용 성 노예, 걸레 등의 욕을 들었다. 이런 사실을 방관하던 담임 선생님 때문이었을까? 아이들은 자신의 행동이 괜찮은 줄 알았는지 더 과격해졌고, 나는 고통에 빠

져 헤어나오지 못했다. 말은 사람을 죽일 수도 있었다. 수년
이 지난 지금도 그때의 일은 평생 잊지 못할 것 같다.

한번은 길에서 놀다가 민현이의 말이 어눌하고 행동이 이
상하다는 이유로 모르는 중학생한테 맞은 적도 있었다. 배와
가슴을 두어 대 맞아서 숨쉬기가 조금 힘들었는데, 주먹이
또 날아오는 순간 민현이가 내 앞에 서서 대신 맞아주었다.
그들이 가고 민현이도 나도 울었지만, 속으로 민현이가 참
든든했다. 그때 우린 고작 열 살이었다.

폭력이 자라는 순간

'어른들은 왜 나이가 많지?'

황당한 질문일 수 있겠지만, 그 당시 나는 정말로 궁금했다. 아홉 살이었던 내가 앞으로 성인이 될 때까지 11년이라는 시간(내가 살아온 시간보다 더 긴 시간)이 남았다는 생각이 들자, 버틸 자신이 없었기 때문이다. 그래서 나는 '어른들은 타임머신을 타고 시간을 초월한 것이다. 그러니 나도 때가 되면 시간을 건너뛰어 곧장 성인이 될 것이다'라는 어처구니 없는 가설을 세웠다. 그만큼 나는 어른들이 '한창 좋을 때'라고 칭송하는 지금 이 순간을 간신히 버티고 있었고, 더 이상 참아낼 여력이 없었다.

그렇다면 '왜 주위의 어른에게 도움을 요청하지 않았을까' 라는 의문이 생길 수 있겠다. 법적으로 모든 학교는 한 명 이상의 학교 전담 경찰관을 배치해야 한다. 학교폭력 예방책의 일환으로 도입된 제도다. 우리 학교에도 학교 전담 경찰관이 있었다. 하지만 가해자의 아버지가 학교 전담 경찰관이라면 어떻게 해야 할까?

강도는 세지 않았지만 그 아이가 나를 괴롭혔던 장소는 주로 급식실이었다. 반찬을 뺏어 먹는 건 약과고, 간혹 밥과 반찬을 모두 섞어 잔반처럼 만들어 강제로 먹게 했다. 저항하고 싶었지만 가해자의 아버지가 학교 전담 경찰관이라는 사실에 나는 지레 겁먹었다.

다행히 4학년 때 정말 좋은 담임 선생님을 만났다. 학생들과 원활하게 소통하며 공부 외에도 많은 가르침을 준 선생님이었다. 따뜻한 위로도 건네주셔서 그나마 지옥 같았던 학교생활을 버틸 수 있었다.

사소하다면 사소했던 폭력을 견디며 나는 조금씩 갉아먹히고 있었다. 그러다 자해를 시작한 계기가 된 사건이 5학년 때 벌어졌다. 어느 날 숙제할 책을 들고 가기 무거워서 수업을 마치고 교실에 남아 숙제를 하고 있었다. 교실엔 나 말고도 반성문을 쓰던 남학생 장건이와 승동이가 있었다.

장건이가 나를 놀리면서 일은 시작되었다. 그만하라고 했는데도 장건이는 멈추지 않았고 승동이까지 합세해 깔깔 웃어댔다. 참고 있자니 듣기 힘든 말이 많았고 나는 장건이 자리로 가서 연필을 하나 뺏었다. 놀리지 않으면 돌려주겠다고 했다. 장건이는 뺏긴 연필을 가져가려 했지만 나는 쉽게 내어주지 않았다. 결국 화가 난 장건이는 내 필기구를 뺏어서 던졌다. 열려 있는 사물함의 물건도 모조리 내게 던졌고, 몇 개가 내 눈에 맞았다.

분이 안 풀렸는지 장건이는 나를 벽에 밀어붙였다. 대리석에 어깨를 부딪힌 나는 그 충격으로 주저앉아버렸다. 상반신이 욱신거렸지만 약한 모습을 보이면 안 될 것 같아 빨리 일어서려 했다. 일어선 순간 장건이는 내 오른쪽 골반을 발로 찼고 주먹으로 가슴까지 때렸다. 나는 다시 주저앉았다. 그때 장건이가 내 목을 조였고 승동이는 웃으며 더 세게 해보라고 말했다. 시야가 흐려질 때쯤 장건이는 손을 풀었다. 연달아 기침하며 숨을 고를 때, 정말 죽을 수도 있겠다는 공포감과 저항하지 못한 무력감이 나를 감쌌다.

바로 교실을 뛰쳐나와 학원에 갔지만 집중이 될 리 없었다. 집에 와 아빠에게 전화를 걸었다. 상황을 들은 아빠의 첫마디가 더욱 내 마음을 무겁게 했다.

"네가 뭘 잘못한 거 아냐?"

하교 후 교실에 남아 있던 것, 놀림당하는 상황에 참지 못한 것, 연필을 빼앗았던 것 전부 내 잘못이라고 하자. 학교가 끝나면 바로 학원에 갔어야 했고 놀림쯤이야 늘 참았으니 그날도 가만히 있어야 했다. 그렇게 자기합리화를 했다. 그러나 아빠의 행동은 좀처럼 합리화되지 않았다. '아빠만큼은 딸인 내 편에 서야 했던 것 아닌가?' 하는 생각이 사무치게 들었다.

폭력의 그림자

다음 날 아무 일도 없었던 것처럼 등교했다. 하교 후 교실 문도 닫힌 상태에서 벌어진 일이어서 조용히 묻히길 바랐다. 그 일이 있고 3일째 되던 날 담임 선생님이 우리를 불렀다. 그때는 그 선생님이 나의 학교생활 중 최악의 담임이 될 줄 몰랐다.

조회 시간, 아이들이 다 있는 상황에서 나와 장건이를 앞으로 불러 세우더니 3일 전의 사건을 설명하면서 "너희는 하교하면 바로 집으로 가고, 험한 꼴 당하지 않게 스스로 처신 잘해라"라고 말했다. 내가 처신을 잘못해서 험한 꼴을 당한 것처럼. 누구의 잘못도 아닌 것처럼.

수치스러웠다. 나는 무엇보다 이 사건이 반 아이들에게 알려지는 걸 원치 않았고, 일을 크게 벌이지 않되 장건이와 승동이가 꼭 처벌받길 바랐다. 하지만 아이들의 시선은 오히려 나에게 집중될 뿐이었다. 나를 야단치던 선생님과 5학년이 끝날 때까지 같은 교실에 있어야 할 장건이와 승동이를 보니 눈물이 멈추질 않았다.

빨리 세수하고 오라는 선생님의 말에 화장실에 갔지만 나 자신이 너무 미웠다. 아무 말도 못하고 울기만 하는 내가 더 할 나위 없이 한심했다. 그때 처음으로 화장실에서 머리를 쥐어뜯고 손톱으로 사정없이 몸을 긁어댔다. 그렇게 한참을 울다 교실로 돌아왔을 땐 답답하고 죽을 것만 같은 공포를 느꼈다.

1교시 수업을 빼지고 선생님과 면담했다. 선생님은 사건을 정확하게 파악하고 싶어 했고 나는 그때의 상황을 재현했다. 생각하기도 싫고 몸이 떨렸지만 진실을 알리려면 반드시 해야 했다.

2교시엔 선생님이 장건이와 승동이를 불러 면담했고, 3교시에 나와 선생님, 장건이, 승동이가 한 책상에 둘러앉아 이야기했다. 원칙적으로 가해 학생과 피해 학생은 사건이 끝날 때까지 분리해야 한다. 보복의 위험도 있고 피해자의 심리적인 압박을 막기 위해서다. 선생님이 동석하더라도 같이 붙여놓는 건 맞지 않는 행동이다. 그런데 선생님은 그렇게 대면을 시키고도 사건을 명백히 밝히기는커녕 서로 사과하고 끝내길 바랐다. 매일 하교 시간에 나와 장건이를 대면시킨 뒤 장건이에게 강제로 사과하게 했다. 내가 그 사과를 받아줄 때까지 말이다.

그때부터 나는 쉬는 시간마다 화장실에서 자해했고, 빈도가 늘면 늘수록 도구는 날카롭게 변했다. 손톱부터 시작해 샤프, 커터 칼로 나아갔으니. 처음에 썼던 칼은 10년도 넘은 칼이었다. 날은 당연히 무뎠고 세게 긁어도 긁힐까 말까 했지만 고통은 심했다. 다음 날 근처 문구점에서 새 칼을 사서 예전과 비슷한 힘으로 그었는데 놀랄 정도로 피가 쏟아졌다. 이해하기 어렵겠지만 자해는 내게 도피처였고, 자해했을 때 이상하게도 기분은 더 나아졌다.

상처가 하나둘 생겨났고 얼마 지나지 않아 흉터가 자리 잡게 되었다. 선생님은 여전히 매일 나를 앞에 세워두고 장건이에게 사과를 강요했다. 억지로 쓴 사과 편지도 매일 하나씩 받았다. 이 짓거리를 3일째 반복했을 때 나는 사과를 받아 줬다. 당연히 용서해서 그런 것이 아니었다. 장건이와 같은 공간에 있는 것이 끔찍이도 싫었기 때문이었다. 가해자와 피해자를 한 공간에 두고 사과시키는 발상은 어디서 어떻게 나왔는지 지금도 이해가 안 된다.

선생님은 어찌됐든 내가 사과를 받았기 때문에 사건을 마무리한다고 말했다. 학폭위를 열면 모두가 힘들어지니 좋게 좋게 끝내자고 하면서……. 장건이는 부모님에게 많이 혼났다고 했다. 승동이는 직접적인 가해 사실이 불분명하고 6학년이 되면 전학을 갈 예정이기에 아무런 처벌도 받지 않았다. 그렇게 사건을 마무리한 선생님은 벌을 준답시고 장건이에게 일주일간 교실 청소를 시켰다. 장건이는 벌을 달게 받았을까? 당연히 아니다. 청소를 하면서 여전히 나를 놀려댔고 잘못을 반성하는 태도라곤 눈 씻고 봐도 찾을 수 없었다.

3년 후, 어렵게 다시 만난 선생님은 나를 기억하고 있었다. 왜 반 아이들이 모두 지켜보는 자리에서 피해 사실을 공개했냐고 물어보니 "성 관련 사건은 아니었기에 수치심과는 상관없을 것 같았고 학교폭력의 본보기로 하고 싶었다"라는 대답을 들었다. 그 말을 듣고 너무 화가 난 나는 수술한 지 이틀

밖에 지나지 않은 손목의 붕대를 풀었다. 수많은 상처와 켈로이드 흉터가 흉하게 얽힌 내 팔을 보여줬다. 선생님의 반응은 수고스럽게 옮기지 않겠다.

나는 여전히 이 사건을 잊지 않고 있으며 장건이와 승동이, 선생님, 선생님의 자식까지도 폭력의 그림자에 잔인하게 잡아먹히기를 바라고 있다. 내가 당한 폭력을 언제까지 참고 용서하며 살 수는 없다. 나도 사람이니까. 그들이 내 고통을 똑같이 겪어본다면 조금이나마 내 속이 후련할까.

신뢰가 깨진 상담

시간이 흘러 중학교에 진학했고, 학교에서 '표준화 검사'라는 심리 검사를 했다. 이때까지만 해도 다가올 미래가 이렇게 힘들 줄 몰랐다. 알았다면 검사지에 행복하고 긍정적인 상태인 것처럼 속여서 제출했을 것이다. 검사 결과 나는 자살 고위험군으로 분류되었다. 그때부터 위클래스에서 근무하는 선생님과 상담하면서 외부 상담소, 정신과 연계 치료가 시작되었다. 사실 지금까지도 나는 상담에 대해 극도로 부정적이다. 정말 필요하다고 느껴질 때가 아니면 정식적인 상담은 받지 않는다.

첫 위클래스 방문은 좋았다. 공부를 싫어했던 나는 위클래스에 참여한다는 이유로 수업에 빠질 수 있었으니 편했다. 무엇이 어떻게 힘드냐고 물어봐 주는 선생님의 말씀이 좋았고 나는 솔직하게 대답했다. 무엇보다 상담 시간에 나눈 이야기는 비밀이 보장된다고 했으니까. 그런데 알고 보니 내가 여태까지 한 이야기가 담임 선생님을 비롯한 여타 선생님들, 부모님에게 전달되고 있었다. 상담 선생님에게 찾아가 물어봤더니 자살이나 자해 관련 상담은 부모님에게 알리게 되어 있다고 대답했다.

그때부터 회의감이 들었다. 신뢰가 깨지자 상담 시간은 수업 시간보다 더 힘들었고, 빨리 벗어나고 싶은 마음뿐이었다. 이런 내 마음과는 달리 상담 선생님은 쉬는 시간, 수업 시간 가리지 않고 나와 마주칠 때면 "요즘 힘든 거 없냐"고 물었고, 억지로 상담실에 가서 이야기를 나눠야 했다. 이것이 반복되니 상담 자체가 진절머리 났고, 상담을 거부하기 시작했으나 부모님은 완강했다.

하루는 부모님이 학교에 찾아와 조퇴증을 끊어주며 일찍 집에 가자고 해서 신난 채 학교를 나왔다. 하지만 도착한 곳은 외부 상담소였다. 내가 들어가기 싫다고 울자 강제로 데려가려 했다. 다행인지 아닌지 센터 소장님이 다음에 다시 오라고 하셔서 그날은 무사히 집에 갈 수 있었다. 이후 소장님이 학교에 직접 찾아와 내 취미를 물어보며 친근하게 다가와 주셨고, 이후 일주일에 한 번씩 외부 상담을 다니기 시작했다. 나중에 정신과 치료로 연계되면서 상담은 자연스레 끊겼다.

아마 많은 사람이 정신과에 대한 편견을 갖고 있을 것이다. 정신과를 매일 다녔던 나도 그랬으니까. 정신과에 처음 발을 들인 순간이 기억에 선명하다. 생각했던 어두컴컴한 이미지와는 전혀 달랐고, 깨끗하며 편안한 분위기였다. 하지만 나는 정신과가 싫었고 지금도 싫다. 다니면서 오히려 상처를 더 많이 받아서다. 내가 사는 지역에는 정신과가 한 곳밖에 없었고 그래서 어쩔 수 없이 그곳에 다녀야 했다.

처음 갔을 때 의사 선생님은 자해 상처를 보여달라고 했다. 상처를 보더니 "그래도 여태 상담했던 아이들보단 안 심하구나"라고 하셨다. 상처가 심하지 않아서 다행이라는 걱정이 아니라 내 상처를 가볍게 여기는 말투였다. 순간적으로 잘못 들은 줄 알았다. 다른 또래와 비교하며 나의 아픔을 가볍게 넘겼던 그 상황을 잊지 못한다. 상처의 크기나 깊이, 흉터보다 그렇게 할 수밖에 없었던 상황을 먼저 생각해줄 순

없었는지 묻고 싶다. 물론 모든 의사가 그러진 않겠지만, 겉으로 드러난 상처의 크기보다 마음의 상처를 먼저 헤아려주었으면 한다. 정신과에 방문한 사람들이 적어도 나처럼 병원에서 더 큰 상처를 받지 않았으면 좋겠다.

나의 기대와 달랐던 이러한 상황 탓에 나는 병원에 가고 싶지 않았다. 하지만 피할 수 없었다. 가기 싫다고 버티면 아빠가 때려서라도 강제로 데려갔으니까. 부모님은 정신과가 유일한 희망이라고 생각했다. 하지만 이러한 행동은 거부감만 일으켰고 끔찍이도 마주하기 싫은 상황을 피할 수 없다는 압박감은 나를 짓눌렀다.

이때 느낀 점은 어떠한 치료도 강요되어서는 안 된다는 것이었다. 특히 정신적으로 힘든 사람만큼은, 당사자가 원할 때 치료가 진행되어야 한다. 그렇지 않으면 역효과만 불러온다. 이미 불신이 가득한 상황에서는 나를 위한다는 말도, 그 어떤 치료도 믿지 못하기 때문이다.

방황의 끝

　　나는 급기야 가출을 시도했다. 가출했다고 익명 앱이
나 웹사이트에 올리면 많은 연락이 온다. 숙식을 제공해줄
테니 자신의 집으로 오라고 말이다. 나는 갖고 있던 소정의
교통비로 가장 가까운 곳에 갔다. 글로는 차마 담기 힘든 일
이 있었고 그 이후 청소년 쉼터로 가게 되었다.

　　청소년 쉼터는 생각보다 좋았다. 숙식 해결도 가능하고 책
을 읽을 수도 있었으며, 프로그램에 참여할 수도 있었다. 하
지만 내가 갔던 청소년 쉼터는 물증이 있는 학대가 아니라면
어떻게든 집으로 돌려보내려고 노력하는 곳이었다. 나는 늘

자퇴를 생각하고 있었는데, 쉼터의 선생님은 거짓 정보까지 지어내면서 자퇴를 막았다. 결국 나는 쉼터에 온 지 하루 만에 집으로 돌아갔다.

가출을 반복하고 쉼터를 전전하면서 생각과 현실이 매우 다름을 깨달았다. 내가 간 쉼터마다 안전한 집으로 돌아가라고 권유했고 부모님의 소중함을 각인시키려 애썼다. 과연 이게 맞는 걸까? 집을 왜 나오겠는가. 집에서는 일분일초를 버티기조차 힘들어서 그런 것이다. 그런데 신체적 학대가 아니면 무조건 집으로 돌려보낸다는 쉼터의 방침은 도무지 이해하기 어렵다. 그렇게 나는 다시 온라인 속 익명의 손길에 기대는 악순환에 빠졌다.

결국 나는 조금이라도 더 자유롭기 위해 자살을 결심했다. 내 생일을 디데이로 잡고, 조금씩 준비하며 주변을 정리했다. 이면지에 유서를 써보기도 하고, 학교 화장실에서 교복 넥타이로 예행연습을 해보기도 했다.

이렇게 꼼꼼히 준비한 내 계획은 어떻게 됐을까? 결론적으로 실패했다. 내 계획을 부모님에게 알린 위클래스 선생님 때문이었다. 내 생일날, 가족들은 갑자기 해외여행을 가자고 했고 나는 강제로 끌려갔다. 기껏 준비힌 게 수포로 돌아가

는 것 같아 허무했다. 지금은 어쩔 수 없었지만 여행이 끝나
면 언제든 죽으려고 마음먹었다.

하지만 그런 생각을 바꾼 터닝 포인트가 있었다. 내 손을
잡아준 단 한 사람 때문이었다. 실제로 고칠 생각은 없었지
만 자해를 멈추는 방법에 대한 글을 포털사이트에 올렸다.
빨간 펜으로 손목을 색칠해보기, 종이 찢기 등 여러 방법이
댓글로 적혔다. 별 의미 없는 방법들이 나열된 댓글 사이로
도움을 줄 테니 연락 달라는 이메일이 눈에 띄었고, 나는 홀
린듯 메일을 보냈다. 온라인에서 만난 사람인지라 이상한 사
람일 가능성이 컸고, 실질적인 도움은 되지 못할 것 같았는
데도 말이다.

그 인연은 2년간 유지되었다. 메일과 카톡으로 연락은 꾸
준히 이어졌다. 힘들 때 힘들다고 선생님에게 연락하면 칼같
이 답해주었고, 밤마다 악몽과 불면증이 숨 막히듯 조여오면
시간에 상관없이 내가 잠들 때까지 괜찮다고 다독여주었다.

우연히 만난 그분에게 말로 표현할 수 없을 만큼 큰 위로
와 힘을 얻었고, 이것이 나를 살린 결정적 계기라고 생각한
다. 나를 살리려고 노력한 사람은 정말 많았지만, 카톡으로
이야기를 나눴던 선생님이 가장 기억에 남는다. 내가 정말

죽기로 결심했을 때, "그동안 도와주셔서 감사했는데 죄송하다"고 하며 연락을 끊었다. 그러고는 이내 후회하며 꾸준히 메일을 보냈지만 읽지 않았다. 심지어 돈을 모아 흥신소에 의뢰도 해보았지만, 흥신소는 사기였고 선생님은 찾을 수 없었다.

나는 우연히 만났던 선생님처럼 누군가에게 다시 살아갈 용기를 주는 사람이 되고 싶다. 상담이나 정신과 관련 업계는 아직 거부감이 심해 힘들겠지만, 선생님같이 함께 대화하는 일이라면 충분히 할 수 있을 것 같다. 이것이 선생님에게 받은 은혜를 갚는 방법이라고 생각한다. 몇십 년이 지나도 꼭 찾고 싶은 그 선생님이 혹시 내 글을 보고 연락을 주신다면 그만큼 멋진 선물도 없을 것 같다.

학교 로그아웃,
그 이후

예전부터 자퇴하고 싶었던 나는 온갖 욕을 다 먹으면서 결국 자퇴했다. 정확히는 유예였지만 편하게 자퇴로 표현하겠다.

자퇴하게 된 가장 큰 계기는 교감 선생님이었다. 나 또한 다른 아이들에게 영향을 미칠까 봐 학교에선 최대한 자해하지 않으려 노력했다. 그러나 자해의 빈도가 점점 높아져 학교에서도 참을 수 없게 되자 교감 선생님은 나를 따로 불러내더니 "한 번만 더 자해하면 병동에 입원시키겠다"고 위협했다. 그 말을 들으니 이제 학교라는 공간 자체가 넌덜머리

났다.

회복의 시간이 필요했던 나는 자퇴한 지금 더없이 행복하고 자유롭다. 또한 그 어느 때보다 열심히 살고 있다. 그까짓 것도 못 버티냐며 비정상이라고 나를 몰아세웠던 아빠와 꼴등을 해도 좋으니 졸업장은 따라고 했던 엄마에게 보란 듯이, 나는 같은 해에 중졸·고졸 검정고시에 모두 합격했다.

사실 자퇴한 뒤 처음 4개월 동안은 거의 폐인처럼 살았다. 외출도 거의 하지 않고 하루 종일 잠을 자거나 핸드폰만 하면서 살았다. 부모님은 집에만 있는 나의 끼니를 챙겨주는 걸 힘들어했다. 나 역시 눈치가 보였다. 그렇게 시간을 허비하다가 친척 집에서 6개월 정도 살았다. 부모님의 보호가 너무 과한 나머지 스트레스가 된 탓이다. 자식이 자해하고 자살 생각을 한다는 것이 부모로서 물론 걱정되겠지만 보호하려 할수록 내 스트레스는 더욱 심해졌다.

특히 방문을 못 닫게 했다. 혹시나 자해할까 봐 걱정되었기 때문인 듯하다. 하루는 자퇴 문제로 싸워서 방에 들어가서 우는데, 문을 닫고 싶어도 못 닫게 했다. 닫으려 하면 문을 열라고 화를 내니 나는 프라이버시가 없는 상태로 살 수밖에 없었다.

또 핸드폰에 위치추적 앱을 깔고 삭제하지 못하도록 숨기기도 했다. 카드 사용 내역을 문자로 받아보면서 내가 어디서 무엇을 샀는지 확인했다. 가장 스트레스였던 것은 연락마저도 일일이 감시당하는 것이었다. 전화나 문자를 하면 누구랑 어떤 대화를 나눴는지 부모님이 전부 알고 있었다. 말도 안 되는 이야기 같지만 정말 가능했다.

그러니까 사람이 누릴 수 있는 자유가 10이라면 고작 1의 자유를 누리는 게 당시 내가 처한 현실이었다. 사람들과 자유롭게 연락하며 친해지고 싶은데, 여기저기 놀러 다니고 싶은데 나와 연락하는 상대방의 개인정보가 부모님에게 알려져 혹시나 폐가 될까 두려웠다. 그러니 사람을 만날 수 없었다. 혹시나 이 글을 읽는 부모님들이 있다면 이를 이용하지 않길 간절히 부탁한다. 감시당한다는 기분은 표현할 수 없을 정도로 끔찍하니까.

초등학교 시절 그나마 나를 버티게 해주었던 수단인 칼도 눈에 보이는 족족 빼앗고는 절대 돌려주지 않았다. 당장의 치료를 위해서 필요한 방법일 수 있겠지만, 더 큰 반항감이 생기면서 칼을 새로 사 긋고 싶은 욕구가 솟구치기도 한다는 사실을 알아주길 바란다.

특히 청소년기, 흔히 사춘기라 부르는 이 시기엔 독립적인 공간이 꼭 필요하다. 자녀의 프라이버시를 존중해주면 좋겠다. 물론 혼자 있는 방에서 자해할 수도 있다. 그걸 지켜보는 것이 아주 힘들고 어렵겠지만, 이 또한 우선 지켜봐 주는 게 부모의 역할이라 생각한다.

자해는 행동의 원인에 초점을 맞춰 빠르게 치료할수록 더 좋은 회복 효과가 나타나지만, 그렇다고 강제로 병원이나 기관에 데려가는 것은 굉장히 안 좋은 행동이다. 상황이 너무 심각해 설득이 필요할 때도 최종 선택권은 당사자에게 주어야 한다. "같이 병원가서 치료받자"라고 말하는 것보단 "네 마음이 아픈 것 같은데 치료받을 생각 있어?"라고 말하는 게 더 좋다.

만약 거부한다면 일단 치료를 안 하면 된다. 싫다는데 굳이 데려가서 관계에 마찰이 생기면서까지 억지로 치료받을 필요는 없다고 생각한다. 스스로 마음을 열고 다가올 때까지 기다려주는 것이 좋다. 자녀가 치료 의사를 비치며 다가올 때 언제든지 안아줄 준비가 되었다면 이보다 완벽할 수는 없겠다. 자녀의 아픔을 열린 마음으로 인정하고 존중하고 공감해주면 된다.

시간이 지나면서 나는 외부 활동을 조금씩 늘려나가기 시작했다. 예전보다 많이 밝아진 나의 모습을 본다. 사람이 꼭 밝고 쾌활하며 대인관계가 좋아야 하는 건 아니지만, 적어도 나는 내 사람들에게 편한 존재가 되고 싶다. 나의 에너지를 나눠주고 싶다. 부모님에게 쌓아둔 마음의 벽도 언젠가 허물고 새로운 도약을 이어나가고 싶다.

벽이 만드는 그늘에 햇빛이 막혀 당장 시들시들해진 지금 이 시기가 죽고 싶을지 모른다. 그러나 벽은 세월에 깎이든, 대포알을 맞아 무너지든 언젠가 허물어진다. 이 글을 읽는 모든 사람들이 포기하지 않고 살아가기를 간절히 바란다.

끝나지
↘ 않는
우리의
이야기

모두가 오늘 밤을 무사히 넘기길, 울지 않길,
손에 칼을 들거나 술잔을 잡지 않길 간절히 바라고 있다.
우리의 상처가 흉터로 남더라도
그것에 얽매이지 않고 미래를 살아가면 좋겠다.
오늘 하루도 잘 살아내 줘서 정말 감사하다.

문
강

멘탈헬스코리아 2기와 이너뷰티 스쿨 1기를 수료하고 피어 스페셜리스트로 활동 중이다. 한국이야기치료학회 및 청소년 자살 예방 토크 콘서트 〈#이제는_말해봐 #이제는_들어봐〉에서 발표했다. 현재는 학교 밖 청소년의 다양한 권리침해 사례를 발굴하고 개선하는 '꿈드림 청소년단' 서울시 대표와 전국 대표를 맡고 있다.

평범한 삶을 살다가 2019년, 고등학교 재학 중 아버지와 이별하며 마음속에 숨어 있던 여러 결핍과 아픔을 마주했다. 여러 상담과 마음 관리로 회복과 무너짐을 반복해서 경험했고, 그 후로 비슷한 아픔을 가진 청소년의 정신 건강과 인권에 관심을 가지고 관련 활동을 지속해오고 있다.

경험과 배움을 바탕으로 다음 세대를 위해 힘쓰는 사람이 되기를 꿈꾸고 있다. 특히 사각지대에서 소외받고 도태된 청소년들이 스스로 무한한 가능성을 찾아낼 수 있도록 함께하는 사람이 될 것이다.

장작이 된 마지막 숨소리

2016년, 내가 중학생일 때 우리 아빠에게 청천벽력 같은 소식이 날아왔다. 아빠의 뇌에 종양이 있다는 것이었다. 조직검사를 마치고 최종 결과가 나왔을 때 진단명은 '악성 교모세포종 3기'였다. 어린 내 귀에 들어왔던 것은 '악성'이라는 단어뿐이었다.

그 소식을 듣고 주위 사람 모두가 절망하고 무너져갔는데, 엄마만은 그렇지 않았다. 차분히 내게 아빠의 병을 설명했고 앞으로 우리가 어떻게 살게 될 것인지 담담히 일러주었다. 나중에 알았는데 수술 날짜가 잡히고 난 뒤 매일 밤 부모님은 내가 잠든 후 대화를 나누었다. 엄마는 절망한 아빠를 다독이며 수술 이후 겪게 될 여러 문제를 예측하고 대비하기 위해서 노력했다. 당시의 엄마는 내가 본 가장 멋지고 강한 모습이었다.

2016년 10월, 아빠는 첫 수술을 받았다. 대수술이었다. 수술받는 동안 나와 엄마는 비린내 가득한 대기실에서 마음을 졸이며 밤을 꼬박 새워야 했다. 전광판의 불이 꺼지고 담당 교수님이 나와 수술 경과를 말해주었다.

며칠 뒤에 중환자실에 들어간 아빠를 면회할 수 있었지만, 안압이 올라가 눈이 다 감기지 않았고 여러 의료 장비를 달아놓아 말도 할 수 없는 상태였다. 그날 본 아빠의 모습이 도저히 잊히지 않는다.

아빠의 투병은 본격적으로 시작되었다. 수술 후 2주가 지나고 아빠는 일반 병실로 옮겨졌다. 예상보다 빠른 회복에 정말 기뻤다. 며칠 후 주말을 맞아 나는 아빠의 보호자로서 병실을 지켰다. 평일에는 학교에 가야 했기에 아빠와 오랜 시간을 보낸 건 수술 이후 처음이었다.

뇌종양의 일부를 떼어내면서 여러 신경이 손상됐기 때문에 아빠는 말투가 조금 어눌해졌고, 왼쪽 팔과 다리에 힘이 하나도 없었다. 다른 환자의 간병인이 뇌수술을 받은 대다수의 환자는 수술 직후 폭력적인 성향을 보이거나, 고집이 세지거나, 대화가 안 되기 때문에 보호자가 힘들 거라고 말해주었다.

그 말은 사실이었다. 그날 새벽 아빠는 나에게 담배를 피우러 가야 한다고 했다. 내가 말리자 아빠는 화를 냈고 결국 혼자서라도 가겠다며 위험한 행동을 했다. 몇 시간을 다투다 결국 아빠를 휠체어에 태워 흡연실에 데려다주었다. 아빠의 눈빛은 내가 알던 눈빛이 아니었다. 아빠가 잠들고 난 뒤 병원 비상구에서 한참 울었다. 당직 간호사님이 비상구로 들어오더니 힘든 일을 잘 해내고 있어 멋지고 장하다며 나를 다독여주었다.

그 이후로도 아빠는 방사선치료, 항암치료 등 많은 어려움을 이겨내야 했다. 병원에서 퇴원한 후 집 근처 재활병원으로 이동했다. 재활병원에 가고 나서부터는 화장실이 문제였다. 아빠는 5분마다 화장실에 가겠다고 했다. 처음엔 계속 데려다주었지만 어느 순간부터 엄마와 나는 아빠에게 짜증을 내며 안 된다고 말했다. 시간이 흐르면서 나는 점점 아빠를 아빠가 아닌 환자로 대하기 시작했다.

어느 날 집으로 친한 친구를 데려온 적이 있었는데 아빠가 항암치료의 부작용으로 구토했다. 그다음 주에도 같은 상황이 일어나자 "아빠는 왜 내 친구가 올 때마다 그래?"라는 말을 뱉어버렸다. '아차' 하는 마음이 들었다.

철없고 실수투성이였던 중학교 2학년 시절이 지나가고 3학년이 될 때쯤엔 조금 더 현실적인 상황을 인지하기 시작했다. 아빠의 상태가 더 좋아지는 것은 불가능하며 병의 진행을 최대한 늦추는 것이 최선이라는 걸 깨달았다. 아빠가 완치될 줄만 알았던 나는 큰 충격을 받았다. 더 충격적인 것은 나를 제외한 모든 사람이 이 사실을 알고 있었다는 것이다. 다급해진 나는 아빠가 움직일 수 있을 때 가족사진을 찍어야겠다고 생각했다. 엄마를 졸라 처음으로 엄마, 아빠, 오빠와 함께 넷이서 사진을 찍었다. 예상대로 그 사진은 처음이자 마지막 가족사진이 되었다.

아빠의 상태는 점점 안 좋아졌다. 병의 진행이 빨라져 아빠의 왼쪽 손이 움직이지 않더니, 이어서 왼쪽 발도 마비되었다. 아빠는 종종 경련이 왔고 엄마는 아빠가 혀를 깨물지 않도록 자신의 손가락으로 아빠의 치아를 감쌌다. 슬퍼하거나 당황할 겨를 따위는 없었다. 엄마 손가락은 피멍이 들고 손톱은 빠지려고 했다.

나는 바로 시간을 체크한 후 119에 전화해 아빠 상태를 신속히 전달해야 했다. 뇌종양 환자이고 어떤 약을 복용하며, 지금 상태는 어떠한지……. 경련을 시작한 지 얼마나 되었고 환자 체중이 100킬로그램이 넘어 여러 사람이 와야 한다고 말했다. 전화 후엔 병원에 가져갈 짐을 챙겼다.

아빠는 오랜 투병 생활을 했다. 짧게는 1~2개월을 예상하던 의사의 말과는 다르게 아빠는 수술 후 세 번의 새해를 맞이했다. 세 번째 해를 넘기자 모두가 기적이라 말했다. 하지만 그 기적은 오래가지 못했다.

집에서 투병할 아빠를 위해 산소호흡기, 석션기, 혈압계, 산소포화도 측정기, 병원 침대 등을 갖추었다. 우리 집은 커다란 병실이 되었다. 그렇게 한 달이 지나자 아빠의 의식이 흐릿해지기 시작했다. 병원에 입원하고 며칠 지나지 않아 아빠는 호스피스 병동에 들어가게 되었다. 호스피스 병동은 환자를 더 이상 치료할 수 없을 때 가족들과 편안한 시간을 보낼 수 있게 따로 마련된 곳이다. 그곳에서의 생활은 정말 조용했다. 가끔 들려오는 다른 환자 가족들의 통곡을 빼고는…….

그해 겨울 엄마는 아빠가 따뜻한 봄까지만 버텨주길 항상

기도했다. 엄마의 기도가 통했던 걸까, 아빠는 하루하루 기적처럼 견뎌내다 벚꽃이 만개하던 따스한 4월의 봄날 아침에 눈을 감았다.

2019년 4월 12일 금요일, 학교에서 체력 검사를 하던 중이었다. 담임 선생님이 운동장 멀리서 통화하고 있었는데, 나를 쳐다보는 선생님의 모습을 보자 불길한 예감이 들었다. 직감이 있다면 그런 것일까? 선생님은 통화가 끝나자마자 내게 병원에 가보라고 말씀하셨다. 체육복을 갈아입고 짐을 챙겼다. 담담하려 애썼다. 담임 선생님은 직접 택시를 불러 나를 병원으로 보내주었다. 기사님께 잘 데려다 달라는 부탁을 한 뒤 문을 닫는 선생님의 얼굴을 보았다.

택시가 출발하자마자 엉엉 울었다. 병원까지 가는 1시간 동안 멈추지 않고 눈물이 쏟아졌다. 창밖에 핀 벚꽃은 정말 아름다웠다. 울며 기도했다. 제발 이번 한 번만, 딱 한 번만 더 아빠와 벚꽃 구경을 할 수 있게 해달라고. 기사님은 덤덤히 휴지를 건네주며 소리 내어 울 수 있도록 잔잔한 음악을 틀어주었다.

병원에 도착해 화장실에서 눈물을 닦고 병실로 올라갔다. 아빠의 모습을 눈에 담고, 마음에 담았다. 사랑한다고 말했다. 감사하다고 말했다. 죄송하다고 말했다. 의식이 없는 침대 위 아빠와 마지막으로 함께 사진도 찍었다.

　새벽 내내 가쁜 숨을 몰아쉬던 아빠의 상태를 간호사가 수시로 확인하러 왔다. 그러나 숨 쉬기 어려워해도 인공호흡기를 달지 않았고, 아빠의 심장이 멈추어도 심폐소생술을 하지 않을 것이다. 생명 연장을 위해 아무런 조치도 하지 않는 이 상황을 받아들이기 너무 힘들었다. 임종 내내 아빠의 오른손을 붙잡고 있었다.

　다음 날 오전 7시, 아빠는 돌아가셨다. 벚꽃이 가득 흔들리는 창밖으로 따스한 햇살이 비쳤다. 아빠가 마지막 숨을 내쉴 때 병실 안의 모든 사람들은 그 숨이 마지막이라는 걸 예측했다. 몇 분 동안 아빠는 숨을 쉬지 않았고 의사 선생님이 아빠의 마지막 상태를 체크했다. 희미하게 심장은 뛰고 있었다. 심장박동이 일정 수준 이하로 떨어지면 사망 선고를 할 거라는 말과 함께, 드라마나 영화에서만 봤던 그 기계음을 기다려야 했다. 몇 분이 지났을까, 화면 속 그래프가 일직선을 그리며 정말 듣고 싶지 않았던 소리가 흘러나왔다. 아빠의 손은 한동안 따뜻했다. 그렇게 나는 아빠와 이별했다.

타오르는 불

아빠가 돌아가신 후 남은 2019년을 꺼지기 직전 가장 뜨겁게 타오르는 불처럼 보냈다. 살면서 그렇게 열정적으로 살아본 적이 없었다. 대회, 동아리 가리지 않고 학교의 모든 활동에 참여했다. 덕분에 내향성의 끝을 달리던 성격이 어느 정도 외향적으로 바뀌기도 했다. 남 앞에 서기를 피하던 내가 전교생을 대하는 선도부에 들어갔고, 중학생을 대상으로 학교를 홍보하기 시작했다. 작년만 해도 상상조차 할 수 없는 일이었다.

공부도 열심히 했다. 중학교 때는 공부와 담을 쌓아서 기

초도 없었지만, 노력한 끝에 상위 30퍼센트까지 올릴 수 있었다. 중상위권의 성적으로 학교생활을 한다는 게 어떤 느낌인지 처음으로 실감했다. 스스로 성적에 대한 자부심을 느끼며 주변 사람들의 달라진 대우에 행복을 느꼈다. 의욕적으로 모든 것들을 해내고만 싶었다. 이게 나에게 맞는 삶이라고 생각했다.

아빠가 돌아가셨는데 슬퍼하기는커녕 신나게 날아다니는 나를 보고 의아해하는 사람도 꽤 있었을 듯싶다. 슬프지 않았던 것은 아니다. 간혹 슬픔을 알아주는 사람들 앞에선 눈물을 보이기도 했고, 홀로 있을 때면 아빠가 그리워 울기도 했다. 그럼에도 내게는 열심히 웃으며 살아야 하는 세 가지 이유가 있었다.

가장 큰 이유는 아빠와의 마지막 약속 때문이었다. 임종이 코앞으로 다가왔을 때, 아빠에게 속삭였다. 아빠처럼 열심히, 잘 살아서 꼭 행복한 딸의 모습을 보여주겠다고……. 멀리서 나를 바라보고 있을 아빠를 생각하며 매 순간을 견디고 버텼다.

두 번째, 엄마의 웃음을 보고 싶었다. 칭찬과 격려를 바란 것은 아니었지만, 남편을 잃은 아내로서의 엄마가 나의 활약을 보며 새로운 희망을 꿈꾸는 모습은 나에게도 큰 힘이었기에 멈출 수 없었다.

세 번째, 열심히 살거나 웃지 않으면 누구에게도 사랑받을 수 없다고 생각했다. 열심히 살지 않는 나는 의미도 쓸모도 없는 사람이라고 생각했다. 나는 내가 아니라 나를 수식하는 말들을 사랑했다. 내 행동을, 웃음을, 타인이 내게 해주는 말들을 사랑했다.

그렇게 열정적이고 의욕적인 삶을 살아내야만 했다. 내가 정한 엄격한 규칙에 맞추어 살아가는 것은 엄청난 에너지를 소모하는 일이었다. 타인의 눈에는 가장 온전해 보였던 나였겠지만, 사실 가장 불안하고 위태롭던 날들이었다. 무리하게 붙잡고 있던 모든 것을 놓아도 괜찮다는 사실을 일찍 알았다면, 삶의 불길이 꺼지는 순간이 찾아오지 않았을 것이다.

꺼져버린 불

불처럼 활활 타오르던 그때의 나는 누구보다 완벽하길 원했다. 흔히 시험에서 좋은 성적을 거두거나, 계획을 세워 시간을 깐깐히 지키거나 하는 것을 생각하겠지만 나는 달랐다. 온전히 나만의 기준으로 만들어낸 틀 안에서 완벽해야만 했다.

항상 고민했다. 학생이라는 신분에서 내가 할 수 있는 최선이 무엇일까? 단순히 열심히 공부하거나 친구들과 잘 지내는 것 말고, 먼 훗날 학창 시절의 나를 돌아보았을 때 '정말 열심히 살았구나'라고 인정할 수 있는 삶을 살고 싶었다.

이윽고 나는 단 1분도 쉬지 말아야겠다고 결론을 내렸다. 그때부터 쉬는 시간이 싫었다. 학교에 가지 않는 주말이 너무도 힘들었다. 정해진 일정이 없는 자유 시간에는 안절부절못했다. 도움이 되는 일들로 어떻게든 일정을 채워야 한다고 생각했다. 조금이라도 계획이 어긋나는 날이면 절망했다. 그때 난 사람이 완벽할 수 없다는 걸 미처 알지 못했다. 아니, 인정하고 싶지 않았다.

선도부 활동을 할 때였다. 항상 6시 50분까지 등교해야 했는데, 어느 날 6시 30분에 잠에서 깼다. 사실 생활기록부에 적히는 정규 지각 시간도 아니었고, 빨리 준비하고 뛰어가면 50분까지 갈 수 있었다. 그런데 나는 방문을 걸어 잠그고 등교를 거부했다. 그동안 개근을 했던 것도 아니고, 지각이나 조퇴가 없던 것도 아니었다. 그저 예상하지 못한 내 실수를 납득할 수 없어서 어디로든 숨고 싶었다.

마치 펜으로 글을 써 내려가던 중 보기 싫은 오자가 생긴 상황이었다. 삶이란 연필로 적은 것처럼 쓰고 지울 수 없으니, 이 삶의 흠집이 너무나도 보기 싫었다. 할 수만 있다면 모든 걸 지우고 싶었다. 흔적도 남지 않게 내 삶을 되돌리고 싶었다. 이때 처음으로 죽고 싶다고 생각했다. 죽고 나면 모든 것이 지워지고 사라질 거라고 믿었다.

잿더미

나는 나에게 필요한 존재가 아니었다. 모든 행동을 멈춘 그때 나는 스스로 사망 선고를 내린 것이나 다름없었다. 모든 게 불타고 남은, 쓸모없는 잿더미가 되어버렸다. 그 당시 제일 듣고 싶지 않았던 말은 '우리는 모두 존재 자체로 소중하고 귀하다'는 말이었다. 그 말은 완벽하고 싶은 사람들이 납득하기 어려웠다. 완벽한 결과를 만들어내지 못하는 있는 그대로의 나, 날것의 나는 너무 초라해서 보이지도 않았으니까. 그렇게 점점 자신을 증오하고 괴롭히는 데 온 힘을 다했다.

삶에 희망은 없어 보였다. 이따금 보이는 희망에 고개를 돌렸다. 누군가 희망을 말해주면 귀를 막았다. 그냥 죽었으면 좋겠다 싶었다. 아이러니한 건 죽고 싶었지만 죽을 의욕마저 없었다. 움직이는 것도, 먹는 것도, 그 어떤 것도 할 힘이 나지 않았다. 바닥이나 벽이 날 끌어당기고 짓누르는 것 같은 무력감에 시달린 것이다.

두 달 동안 집 안에 숨어서 울다가 잠들기를 반복했다. 지금이 낮인지 밤인지도 알 수 없었다. 애초에 궁금하지도 않았으니까. 폐인처럼 지낸 두 달 동안 머릿속을 지나다닌 생각은 끔찍한 것들뿐이었다. 길을 걷다 차에 치여 죽었으면 좋겠다. 누군가 날 죽여주었으면 좋겠다. 조금만 힘이 생기면 제일 먼저 어떻게 죽을지 고민했다. 갈수록 나는 우울과 불안이라는 시커먼 잿더미 속에 나를 파묻고 있었다.

잿더미 속 작은 불씨

어느 날 나는 잿더미 깊숙한 곳에서 힘겹게 버티는 작은 불씨 하나를 발견했다. 마음이 새카맣게 타들어 칠흑같이 어둡다고만 생각했는데, 조금은 나아지고 싶었나 보다. 나름대로 죽겠다고 했는데 아직까지도 삶에 대한 작은 불씨가 남아 끝까지 애쓰고 있었던 것이다. 너무 안쓰러웠다. 과도했던 내 안의 열정이 모든 것을 새카맣게 태우고 나서도 아직 무언가를 하고 싶었구나. 나는 사실 살고 싶었구나.

겨울이 지나고 봄이 찾아올 무렵 상태는 조금씩 나아지기 시작했지만, 무엇보다 내겐 어른이 필요했다. 힘없고 지친 나와 함께 불씨를 되살려줄 사람이 필요했다. 그냥 나이만 먹은 성인 말고, 진짜 어른이 되어줄 사람.

유일하게 내게 관심을 보였던 어른은 담임 선생님이었다. 무슨 일이 있냐고 자주 물어봐 주었다. 그때 처음으로 누군가에게 내 이야기를 하고, 의지할 수 있었다. 힘든 상황에 있을 때, 우울해졌을 때, 죽고 싶을 때도 선생님 생각이 났다. 죽을 만큼 힘들 때 떠오르는 사람이 있다는 것만으로도 큰 힘이 되었다.

완벽할 수 없는 나 때문에 괴로워했던 시절이었다. 완벽하게 짜놓은 시간표는 내가 소화하기에 버거웠고, 감정도 체력도 계속해서 소모되기만 했다. 그럼에도 그 일정을 포기할 수는 없었다.

어느 날 결국 지각하게 되었고 그 사실에 크게 좌절했다. 또다시 모든 걸 지워버리고 싶었다. 지각 한 번으로 나는 자퇴를 고민했다. 죽음을 생각했다. 그때 선생님과 상담을 하게 되었는데, 선생님의 말씀은 당시의 나에게 큰 힘이 되었다.

"강아, 수정 테이프로 지우고 다시 써나가도 괜찮아. 수정 테이프가 없다면, 펜으로 쓱 지우고 옆에 다시 써나가도 괜찮아. 오타 하나 때문에 그동안의 이야기가 담긴 공책을 버릴 수는 없잖아."

　나는 실제로도 수정 테이프를 사용하지 않는다. 필기를 하다가 오자가 생기면 종이를 찢어버렸으니까. 그런 내게 수정 테이프를 사용해도 된다는 말, 심지어 펜으로 쓱 지워도 된다는 말은 큰 해방감을 주었다. 그래도 되는 거였구나. 실수는 고치면 된다는 생각, 모든 것을 포기하지 않아도 된다는 깨달음이 내 안의 불씨를 조금씩 살리기 시작했다.

작고 강한 불씨 만들기

삶의 고통을 이겨내려면 마음을 내려놓고, 비워야 한다는 말을 많이 들어봤을 것이다. 모든 것을 인정하고, 받아들인 다음에 내려놓기까지 한다는 게 너무 어려워 보이지만 이렇게 접근하면 조금 쉽게 다가올까 싶다.

생각을 내려놓는 연습에 관해서 말해보자면, 머릿속에 있는 생각을 내 두 손 위에 둔다고 여겨보자. 생각을 생각하는 게 아니라 바라보는 것이다. 쉽게 와닿지는 않지만 그렇게 하는 것이 내려놓음의 시작이다. 머릿속으로 깊게 파고들어가지를 뻗고 나아가는 힘든 생각을 두 손 위에 올려두고 바라보면, 보다 객관적인 해결 방법을 고민하게 된다.

또 한 가지 내려놓음은 스스로 나아지지 못하고 있다는 절망감을 내려놓는 것이다. 고통은 반복이자 연속이다. 이는 곧 회복도 반복이자 연속이라는 의미다.

우울증을 예로 들면, 기분이 조금 괜찮아지는 듯싶다가도 다시 우울감이 심해지는 패턴이 존재한다. 이 올라가고 내려가는 감정 변화의 '업 앤 다운 패턴'을 알아체는 게 중요하다. 업이 있다면 다운이 있고, 다운이 있다면 업이 있다는 사실을 기억하는 것은 심리적으로 도움이 된다. 업 앤 다운을 알고 회복에 집중하다 보면 점점 나만의 회복 탄력성을 찾게 될 것이다. 그러다 보면 어느덧 안정을 되찾아, 기분이 다운되더라도 그 시기가 짧아지고 금세 업이 될 것이다.

소중한 불씨들에게

뜨겁게 타오르지 않아도 돼

뜨겁게 타오르려고 노력하는 사람들에게 꼭 전하고픈 말이 있다. 그러지 않아도 괜찮다고, 할 수 있는 만큼, 마음이 괜찮은 만큼, 체력이 따라주는 만큼 해도 충분하다고 말이다. 잔잔한 모닥불처럼 살아가도 된다. 때론 양초처럼, 어떨 때는 작은 촛불만큼만 살아가도 된다. 중요한 건 불의 크기도, 온도도 아닌 불씨가 살아 있다는 사실이니까. 우리에겐 작은 불씨가 있다. 살아보려 애쓰는 작은 불씨를 찾아서 소중히 지켜내길 바란다.

앞을 가로막은 벽

눈앞에 커다란 벽이 가로막고 있다고 생각해보자. 그 벽 때문에 앞으로 나아가지 못하고 있다는 생각이 들면 누구나 겁먹기 마련이다. 넘어갈 수조차 없이 높고 단단한 벽이라면, 더더욱 어떤 시도조차 할 엄두가 나지 않는다. 그때 나는 옆에서 이렇게 말해주겠다.

벽을 넘어가려고 하지 말고, 벽을 돌아가려고 하지 말고, 눕혀서 다리로 만들어보세요. 벽은 넘어도 또 나오고, 돌아가도 또 나올 거예요. 벽을 눕히는 연습을 해나가다 보면 결국 내가 지나온 길에는 다리가 펼쳐져 있을 거예요.

벽을 바라보고 이용하는 자세를 가진다면 그 어떤 벽 앞에서도 무너지지 않을 것이다.

후회하는 삶

이상하게 들릴 수 있지만 나는 후회할 수 있음이 감사하다. 사실 후회는 삶에 대한 진심이자, 삶을 애틋하게 바라보는 시선에서 나오는 생각이다. 후회는 선택했기 때문에 할 수 있다. 옳은 선택이냐 틀린 선택이냐가 핵심이 아니라, 선택했는지 안 했는지가 중요하다. 삶의 모든 부분에서 충분히 고민하고 매 순간 신중히 선택하자. 가령 그 선택이 잘못된 선택이었다면 미래의 나에게 힘을 실어주는 후회를 하자. 다음 선택은 이번 경험을 통해 더 나아질 거라고 확신한다. 이때 후회는 분명히 고마운 존재가 된다.

삶이 하얀 도화지라면

삶은 하얀 도화지라고 생각한다. 삶이라는 새하얀 도화지에 빨간색, 노란색, 보라색 등 여러 가지 물감을 칠하는 것이 곧 경험이다. 칠해진 여러 색의 물감이 어울리면서 알록달록해질 것이다. 물감 위에 또 물감이 칠해지면서 도화지 위에 섞여간다. 새하얗던 도화지는 색이 섞이고 섞여 끝내 검은색이 될 것이다. 그때가 되어야 비로소 우리의 삶이 끝난다고 생각한다. 그러니 부디 우울이라는 검은 물감으로 도화지를 칠하지 말고 고운 색깔들이 하나하나 섞여가도록 기다리기를. 우리의 삶에 펼쳐지는 아름다운 색깔들의 향연을 기대하기를.

끝나지
↘ 않는
우리의
이야기

내 삶에 회복이 있었다는 사실마저도 잊어버릴 만큼
여전히 고통과 아픔 속에 자주 무너지곤 한다.
매일 밤을 눈물로 지새우기도 하고,
죽고 싶은 마음에 괴로워 몸부림치기도 한다.
그럼에도 나는 계속해서 꿈을 그리며 살아간다.
나를 믿어주고 응원해주는 선생님들과 여러 멘토들,
내 삶을 위해 함께 눈물 흘리며
온 마음으로 기도해주는 공동체가 있기에.

외롭고 마음 아픈 사람들 곁에서 사랑을 전하고,
진심으로 그들의 삶을 위해 눈물 흘리며
함께할 나의 삶을 기대한다.

장
예
진

온실 속 화초로 올곧게 자라다 어느 순간 문득 싫증을 느끼고 자유로운 존재가 되고 싶었다. 그렇게 부모님께 반항하며 들꽃 같은 사춘기를 보냈지만, 남는 건 완벽하지 못한 딸이 되었다는 회의감과 학교폭력 피해로 인한 트라우마 그리고 학업에 뒤처졌다는 불안감뿐이었다.

큰 결심을 하고 아무 연고도 없는 기숙사형 고등학교에 갔다. 그곳에서 홀로 입시 전쟁을 치르며 완전하게 가시 돋친 야생화가 되었다. 이후 대한민국 입시제도에 깊은 모멸감을 느껴 나 자신을 괴롭히고 지독하게 혐오했다.

집요한 완벽주의와 모두에게 사랑받아야 한다는 강박으로 심한 우울증과 불안장애를 겪었다. 이 무렵 멘탈헬스코리아와 인연이 되어 내가 겪은 아픔을 똑같이 겪는 사람들에게 도움을 주고자 마음먹고 피어 스페셜리스트가 되었다. 나 자신을 돌아보고 사람들과 깊이 공감하며 작지만 유의미한 변화가 생겼다.

성인이 된 2020년부터는 멘탈헬스코리아 팀원들과 국가 지원 사업인 '신직업메이킹랩 프로젝트'에서 정신 건강을 지키는 처방과 창작 활동을 하며 아픔을 겪는 사람들에게 도움이 되고자 노력 중이다.

현재 가톨릭대 특수교육과에 재학 중이다. 그곳에서 복지·교육·상담·사업 등 여러 분야에 관심을 두고, 여전히 불안정하지만 다양한 경험을 통해 깨우침과 보람을 얻으며 소중한 인연을 맺어가고 있다. 이 책이 어딘가에 존재하는 또 다른 장예진에게 도움이 되길 바란다.

바닥 아래 지하가 있었다

눈치도 없이 때 이른 벚꽃이 앞다퉈 만개하고 이에 질세라 따뜻한 봄바람이 코끝을 간지럽힌다. 전 세계적으로 퍼진 코로나 때문에 수많은 사람이 괴로워하고 있음에도 말이다. 물론 나 또한 장기간의 사회적 거리 두기로 인해 여러모로 피폐해졌다. 무기력감과 불안에 몸 둘 바를 모르겠다. 사실 이러한 증상은 누구나 겪고 있을 거라 생각한다. 단지 이를 정신적인 문제라고 인지하지 못할 뿐이다.

꽤 오랜 시간 내가 정신질환을 앓고 있다는 것을 자각하지도, 인정하지도 못했다. 시간이 지나면 저절로 낫는 감기라고 생각했다. 작은 감기라고 생각했던 우울은 금세 온몸에 전이되어 나를 갉아먹었다. 우울감을 떨쳐내기 위해 격렬히 일하거나 공부했고 꾸준히 사교 모임을 나갔으며 누구보다도 밝게 웃었다. 그렇게 발버둥 칠수록 자꾸만 더 아래로 가라앉았다. 바닥이라 생각했으나, 그 아래 끝없는 지하가 존재했다. 그제야 상황의 심각성을 깨달았다.

그 당시 나는 학생이었기에 부모님께 어렵사리 도움의 손길을 요청했고 정신 건강 의학과에 상담 치료를 다니기 시작했다. 검사를 했더니 불안 지수가 심각하게 높았고 우울증과 강박증, 대인기피로 인한 공황장애 판정을 받았다. 약물치료를 병행하며 매주 상담을 받았다. 물론 이 사실을 아는 사람은 부모님뿐이었다. 누군가 정신병자라고 손가락질하는 것이 마냥 두려웠고, 주변 사람들이 동정 어린 눈으로 바라보는 것은 더더욱 싫었다. 주변 사람에게 핑계를 대기 위해서 매주 토요일 아침에 봉사활동을 간다 했으며 먹는 약은 항알레르기약이라고 둘러댔다. 왜 나는 완벽하고 빈틈없는 가족이자, 친구이자, 동료여야만 했을까?

더 큰 문제는 괜찮은 처하는 것이 이미 습관이 되어 상담

중에도 상처와 속마음을 드러내지 못하고 웃어넘긴다는 것이었다. 지겹고 형식적인 상담과 검사를 끝내고 약을 처방받기만 기다렸다. 그렇게 1년 반 동안 병원에 다녔지만 약물에만 의존할 뿐 상황은 나아지지 않았다. 밑 빠진 독에 물을 붓는 것 같았다.

그래서 지금은 병원에 가는 것을 중단하고 그저 하루하루 살아가고 있다. 어떤 날은 작은 것에도 눈물 흘리며 아파하고, 어떤 날은 큰 시련과 고통에도 무딘 웃음을 띤 채.

나는 정신과 의사나 심리상담가가 아니기에 정신 의학이란 분야에 대한 전문성이나 영향력이 없다. 다만 남들보다 먼저 정신 의학과 관련된 경험을 했던 사람으로서 담담하게 이야기해보려 한다. 이 글을 읽는 당신 또한 이미 겪었거나 지금 겪는, 혹은 앞으로 겪을 수 있는 문제다. 누구나 겪는 지극히 평범한 이야기 같지만 직접 경험한다면 전혀 평범하지 않을 것이다.

유인도 표류기

　늘 잔잔하고 고요하던 마음의 호숫가에 처음 소용돌이가 몰아친 것은 초등학교 3학년 무렵이었다. 어릴 때부터 성취욕과 호기심이 많아 새로운 것을 배우는 게 즐거웠다. 공부나 운동을 또래보다 월등히 잘했을 때 받는 선생님들의 칭찬과 관심이 마냥 달콤했다. 나중에 이것이 큰 가시가 되어 돌아올 줄 몰랐다.

　당시 내 또래들은 무리 지어 다니며 얻는 소속감이 주는 안정과 우월감에 도취해 있었다. 우리 반 또한 예외는 아니었다. 예쁘고 상냥했던 한 여자아이를 중심으로 무리가 생겼다. 반 대부분의 여자아이들이 그 아이 무리에 들어가고자 무던히 노력했다. 맛있는 것을 사주거나 예쁜 물건을 선물하는 등의 뇌물 공세는 기본이었으며, 생일 파티에 초대한다거나 좋아하는 것을 미리 파악해 공감을 사려는 아이도 있었다. 다들 자신이 그 여자아이와 특별한 관계임을 과시하고 싶어 안달이었다.

지금과 달리 당시 나는 꽤 내성적이었기에 그 아이들과 필요 이상의 대화를 나누지 않았고 구석에서 조용히 책을 읽거나 숙제를 하곤 했다. 담임 선생님은 그런 상황을 주시하며 내가 아이들과 잘 어울리지 못한다고 생각했는지 부쩍 잘 챙겨주셨다. 나도 그것이 싫지 않았기에 선생님과 시간을 보내는 빈도가 늘어갔다.

무리의 중심에 있던 여자아이는 이 상황을 파악하고 서서히 나를 괴롭혔다. 처음엔 나를 없는 사람 취급하다가 나중에는 무리의 친구들과 대놓고 내 욕을 했다. 지옥 같은 나날을 견디다 못해 나한테 왜 그러는 것이냐고 쪽지를 써서 건넸다. 돌아온 답장을 읽고는 화장실에 쭈그려 앉아 한참을 엉엉 울었다.

잘난 척하는 게 꼴 보기 싫어.

이 한 문장이 버티고 버티던 나를 단숨에 무너뜨렸다. 그 아이에겐 내가 자신에게 잘 보이려 노력하지 않는 것도, 선생님의 관심을 받는 것도 잘난 척으로 보였던 것이다. 그 아이는 모두에게 사랑받기 위해, 나는 미움받지 않기 위해 발버둥 치고 있었다. 그렇게 아이들과 같은 시간, 같은 공간에 존재했지만 홀로 철저히 배제당하는 '유인도 표류기'가 시작되었다.

인생 첫 교우 관계에 두려움을 느꼈던 어린 난 본능적으로 굴복밖에 답이 없다고 생각했고, 그 아이의 입맛에 맞추어 길들여졌다. 내 생일 파티에 초대하고, 맛있는 것이 있으면 양보했으며, 선생님 앞에서 잘하는 모습을 보이지 않으려 일부러 실수까지 했다. 그러다 어쩌다 그 아이 기분이 안 좋아 보이면 '나 때문일까' 하는 불안함에 한껏 띄워주고 과장하며 기분을 풀어주려 애썼다. 이런 광대 같은 내 모습이 경멸스러웠지만 이런 행위로 얻는 친구의 관심과 소속감에 나는 어느새 안도하고 있었다.

학교에서 위태로운 외줄 타기를 하고 집에 돌아오면 우울감과 공허함에 미친 듯이 음식을 먹었다. 스트레스성 폭식으로 급격하게 살찐 나는 그렇게 몸도 마음도 망가졌다. 해가 지나 새 학기가 시작되면서 모든 것이 끝난 줄 알았지만 난 아직 구조되지 못한 채 표류되어 있었다. 사실 그때의 나는 나를 스스로 가둬버렸다. 학년이 바뀔 때마다 적당한 무리에 속해 적당히 어울려 지냈다. 무리가 형성되면 같이 다니는 친구들의 성향과 관심사에 맞춰 나를 바꿔나갔다. 어느 순간부터 나 자신을 잃어가고 있었다.

내 인생 중 가장 크게 엇나갔으며 큰 트라우마를 남긴 사건은 중학교 2학년 무렵에 발생했다. 중학교 1학년 때부터 친하게 지낸 친구들과 운 좋게 같은 반을 배정받아 2학년으로 올라가게 되었다. 나를 포함해 네 명으로 구성된 안정적인 무리였기에 새 학기에 대한 두려움이나 큰 스트레스 없이 마냥 즐겁게 학교를 다녔다. 더군다나 성격도 관심사도 비슷했기에 나를 꾸밈없이 보여줄 수 있다는 것 또한 행복했다.

하지만 너무 행복해서 불안했다. 아니나 다를까 곧 '행복 총량의 법칙'을 몸소 느끼게 되는 일이 생겼다. 같은 반에 우리 무리와 친해지고 싶어 하던 한 여자아이가 있었다. 그 아이는 우리 중 한 명과 이미 친분이 있던 터라 자연스럽게 친해졌고, 이후 다섯 명이 함께 다니기 시작했다. 그러던 중 그 아이가 원래 친구들과 성격 차이로 부딪히기 시작했다. 또 홀수로 이루어진 무리의 구조상 누군가는 혼자 활동해야 하는 애매한 상황이 매번 연출되었다. 누구도 말하지 않았지만 시간이 지날수록 우리의 관계가 조금씩 깨져가고 있음을 직감했다. 그럼에도 난 친구들을 철석같이 믿었기에 이 상황을 지나가는 바람쯤으로 여겼다.

시간이 흘러 어느덧 시험이 2주쯤 남았을 때 부모님의 통제로 휴대폰을 전혀 사용할 수 없게 되었다. 연락을 자주 주고받지 못해도, 친구들이 어디서 뭘 하고 있는지 몰라도 아무렇지 않았다. 그만큼 친구들을 쉽게, 너무 깊게 믿었던 것이다.

짧지도 길지도 않은 2주가 지나고 너무 많은 것이 달라져 있었다. 매일 숨 가쁘게 시험 준비만 했기에, 언젠가 느꼈던 싸한 느낌이 나를 에워쌌으나 예민해서 그런 것이라 여기고 생각을 애써 떨쳐냈다.

며칠 만에 난 그 느낌을 현실로 받아들여야 했다. 아이들이 날 바라보는 눈빛은 싸늘했고, 목숨처럼 여겼던 단짝 친구들은 모두 날 피했다. 몇 년 만에 느끼는 날 선 시선과 미치 짐짝처럼 나를 내다 버린 친구들의 조소에 차디찬 호숫가 밑바닥으로 처박히는 기분이었다. 내가 봤던 유토피아는 모두 신기루였고, 구조된 줄 알았으나 눈을 비비고 나니 여전히 유인도에 표류되어 있었다. 나는 이미 입에 담지도 못할 파렴치한이 되어 있었다.

잠깐이나마 교우 관계의 달콤함을 맛본 후라 그런지, 눈을 뜨면 맞이하는 하루하루가 지옥 같았다. 점심시간과 조별 활동 시간이 되면 화장실에 숨어버리고, 혼자 있으면 다들 날 보며 수군대는 것 같아 사람을 마주하는 게 너무나도 힘들었다. 매일 나 자신을 탓하며 자해하기 시작했다.

이대로는 정말 죽을 것 같아 담임 선생님께 어렵사리 상황을 털어놓았다. 선생님은 이제 막 발령받은 초임 교사였다. 선생님도 이러한 경우가 처음이었고 당시 학교폭력으로 인한 자살 사건이 뉴스에 나오는 등 민감한 시기였기 때문에 바짝 긴장한 것처럼 보였다. 한 줄기 희망이라고 생각했던 선생님마저 큰 도움이 되지 못했다. 나를 따돌린 네 명의 아이들을 맞은편에 앉혀놓고 대화해보라며 나가던 선생님의 뒷모습을 보며 난 이 지옥에서 구조되기를 포기했다.

학교 측에서는 내가 원한다면 학교폭력 위원회를 열어준

다고 했다. 그 아이들은 그제야 상황의 심각성을 인지하고 악어의 눈물을 흘리며 사과 편지를 들고 우리 집에 찾아왔다. 아이들의 역겨운 모습에 난 구역질이 날 것 같았다. 무엇보다도 내 생활기록부에 남아 평생 따라다닐 피해자 딱지가 끔찍이 싫어 체념한 채 합의하기로 했다.

포장된 해피 엔딩을 위해 한 사람의 인생이 무너졌다는 것을 누가 알아줄까. 난 나를 불쌍히 여기는 아이들에게 동정 어린 챙김을 받으며 우여곡절 끝에 꾸역꾸역 졸업했다. 이곳을 벗어나겠다는 일념으로 죽어라 공부만 했기에 대부분의 고등학교에 갈 수 있었고, 그 지역에서 멀리 떨어진 기숙사형 고등학교로 도망치듯 진학했다.

한참 후에 전해 들었는데, 뒤늦게 친해져 잘 어울리지 못했던 그 여자아이가 위기감을 느꼈는지 친구들과 날 이간질했고 없는 소문까지 퍼뜨렸던 것이다. 결국 이간질했던 것이 탄로나 친구들 사이에서 제대로 매장당했다고 한다.

인과응보라 생각했으나 뒷맛은 씁쓸했다. 그 애가 어찌 되었건 간에 난 이미 찌그러진 캔이었고 갈기갈기 찢어진 종이였다. 찢어진 종이를 이어 붙여도, 구겨진 캔을 아무리 다시 펴봐도 보기 흉한 것은 매한가지 아닌가?

누군가는 이러한 경험을 자라면서 겪는 성장통이라며 가벼이 말한다. 나는 대답한다. 자라지 못한다면 성장통은 그저 고통일 뿐이라고. 그 고통을 다시 겪고 싶지 않기에 여전히 섬 밖으로 나가지 못하고 있노라고.

강아지풀을 동경한 장미

　나는 어린 시절부터 유독 무뚝뚝하고 숫기가 없어 낯을 많이 가렸다. 애교는커녕 너무 조용해 자폐아가 아닌가 싶어 검사까지 해보았을 정도였다고 한다. 선천적인 영향 때문인지 아니면 그간 겪었던 일들로 감정 표현 장치가 완전히 고장 나버린 건지 몰라도, 20년째 살면서 제일 못하는 것을 꼽으라면 여전히 '표현'이라고 바로 대답할 수 있다.

　처음엔 단순히 남들보다 부끄러움이 많아서라고 여기며 괜찮아질 거라 생각했다. 하지만 아무리 생각해도 부끄러운 감정이 아니었다. 솔직한 감정을 표현하면 사람 많은 곳에서 발가벗은 것처럼 불안했고, 상대방의 반응을 보는 것이 두려웠다.

이 증상은 학창 시절 크고 작은 가정불화와 몇 차례 학교 폭력을 겪은 뒤 더욱 심해져, 사람들에게 쉽게 마음을 내어주지 않게 되었다. 현재 느끼는 감정을 누군가에게 절대 내비치지 않았다. 누군가가 문제 삼고 아니꼽게 볼 행동은 절대 하지 않았으며 흠잡을 곳 없는 완벽한 사람으로 보이기 위해 항상 애썼다. 이 시기에 대인관계와 학업 문제가 겹쳐 우울증과 공황이 왔는데, 정신과 상담을 받고 싶다고 가족들과 상의하기까지도 너무나 많은 고민을 하며 힘들어했다.

간신히 정신과 상담을 받았고 생각보다도 더 자기방어 기제가 강한 상태라는 사실을 알았다. 의사에게 내 이야기를 있는 그대로 털어놓는 것도 긴장되고 힘들어서, 빨리 끝내고 싶은 마음에 그냥 다 괜찮다며 포장하려 했다. 상담만으로 진전되지 않는 이런 상황을 의사도 알고 있었기 때문에 약물을 사용하기로 했다.

상담도 약을 처방받기 위해 거쳐가는 수준으로 효과가 없었는데, 약의 부작용 탓인지 잠이 너무 많아지고 폭식과 거식을 반복하며 감정 기복이 롤러코스터 타듯 심해졌다. 당시 나는 수험생이어서 이러한 상황을 도저히 지속할 수 없었기에 몇 년 간 이어온 상담을 일방적으로 중단했다.

하지만 우울증만큼 재발이 쉬운 것도 없다는 것을 수험 생활을 하며 뼈저리게 느꼈다. 정신적인 염증이 생길 때마다 곪을 때까지 기다렸다가 터트려버리기 일쑤였고, 마음의 상처는 자꾸 덧났다.

하루가 1년 같았던 입시를 끝내고 정신과를 다시 찾아갔지만 이미 내 염증은 만성이 되어 있었다. 습관처럼 속에 있는 이야기를 하지 못하고 도망쳐버렸다. 잘 알지도 모르는 사람들 앞에서 온전히 마음을 내려놓지 못했다. 가족이나 친구처럼 가까운 사람에게는 더더욱 심했다. 누군가 다가오면 정해둔 선 이상으로 곁을 내주지 않았고, 관계가 깊어질수록 불안감과 초조함은 커져만 갔다.

'내 모든 것을 보여줬는데 떠나가면 어쩌지?'
'날 이상하게 생각하고 실망하면 어쩌지?'

늘 밀려오는 이런 생각에 깊은 관계를 맺기 힘들었고 온전히 주변 사람을 받아들이지 못했다. 내 모습은 가시가 뾰족하게 돋은 새빨간 장미 같았다. 멀리서 힐끔 보았을 땐 가까이 다가가 향기도 맡아보고 싶고, 꺾어서 가지고도 싶겠지만 온 줄기에 돋아난 가시 때문에 가까이 다가왔다가는 가시에 찔려 피를 볼 테니 말이다.

내 모난 가시가 소중한 사람들을 찌를까 봐 두려워 안전거리를 만들고 나 자신을 가시덤불 속에 가둬버렸다. 노력을 안 해본 것은 아니었다. 하지만 노력하면 할수록 그 가시는 되려 나를 찔렀다.

가시에 찔려 상처투성이가 되었을 때 깨달았다. 나를 있는 그대로 드러내고 다가가 상대에게 편하고 쉬운 존재가 되어 꺾이고 밟히는 것보단, 가시덤불 속에서 누가 봐도 예쁘고 완벽한 모습의 꽃으로 존재하며 상대방이 다가오게 하되 덤불을 사이에 둔 긴장감을 유지한 관계가 훨씬 더 편하다는 것을. 결과적으로 좁고 깊은 관계보다 넓고 얕은 관계가 더 많아졌고 주변 사람들이 늘어나면서 얻는 안도감이 좋았다. 하지만 찾아오는 무기력감이나 감정 소모도 만만치 않게 심했다.

찌르지도 찔리지도 않는 인간관계는 서로에게 흉터도 흔적도 잘 남기지 못하기에 유지되기가 어려웠다. 사실 지금까지도 명확한 해결 방법과 타협점을 모른 채 여러 관계 속에서 헤매고 있지만, 한 가지는 명확하게 달라졌다. 많이 찔러보고 다쳐보았기에 이젠 관계에서 상처를 받아도 덤덤하게 넘길 수 있었다. 또 그 자리에 멈추는 것이 아니라 흉터를 기억하며 다른 방향으로 나아가고자 노력했다.

겪어보니 어떠한 정신질환에도 완벽한 회복은 없는 것 같다. 다만 의지를 통해 조금씩 극복해가는 것이라고 감히 말해본다.

살아가는 것이 아닌 살아내는 것

　　짧은 글로 당시의 감정을 꾹꾹 눌러 적기는 쉽지 않았다. 나쁜 생각을 하지 않기 위해서 발버둥 치던 시절을 겨우 지나쳤는데, 채 아물지 않은 딱지를 다시 뜯어내는 그런 기분이랄까. 타인에게 상처를 보이는 것을 끔찍이 싫어하는 나였기에, 누군가에게 그때의 감정을 고스란히 전해주고 싶어 비장하게 글을 쓰다가도 나를 아는 이들이 내 글을 보고 난 뒤의 표정이 상상되어 멈칫하곤 했다.

　　이 두려움은 글을 마무리 짓는 지금도 변함없다. 내 소중한 사람들이 내 마음을 가장 잘 알아주길 바랐지만, 어쩌면 그들의 존재가 내 마음속에 묵은 체증이자 돌덩이가 아니었을까 생각한다.

누구나 살아가며 마음의 병을 앓는다. 하지만 여기에 심각한 의미를 부여하며 마치 죽을병에 걸린 것처럼 수심에서 계속 허우적대는 것은 자신을 망가뜨리는 멍청한 짓이다. 우울은 결국 빠져나오고자 하는 의지가 있어야 나올 수 있다. 우울에서 나오고자 마음먹을 때 그것은 당신의 허리춤에서 찰랑대는 법이다.

그렇다고 너무 힘들고 괴로운데 억지로 괜찮은 척하라는 것은 결코 아니다. 겪어보니 정신질환은 감기와 속성이 비슷해서 다양한 형태로 쉽게 다시 찾아오곤 하는데, 대처 방법도 감기와 유사했다. 잘 먹고, 잘 자고, 잘 쉬면 대부분 수그러든다. 인간으로서 지닌 생리적 욕구를 충족시키지 못하고 생체리듬이 무너지면 몸뿐만 아니라 정신도 함께 피폐해지는 것이 당연하다.

혹시 더 복합적인 문제를 품고 있다면, 곪고 곪아서 만성으로 발전하기 전에 상담 센터나 정신 건강 의학과에서 전문적인 상담을 받아보는 것을 꼭 권유하고 싶다. 상담을 받거나 약을 복용하는 것은 전혀 부끄러운 것이 아니며, 오히려 본인 건강을 신경 쓰고 스스로를 사랑하는 행동이다.

　이렇게 덤덤하게 말하고 있지만, 나 또한 마냥 행복한 상황은 아니다. 할 일은 쌓여만 가는데 꾸역꾸역 해내도 이렇다 할 성과가 안 보일 때면 어디론가 훌쩍 도망가고 싶다. 소중한 가족이 죽음의 문턱에서 힘겹게 버티고 있을 때 모든 것에 덧없음을 느끼고 끝없는 우울과 무기력에 빠지기도 한다.

　그러나 어쩌겠는가. 죽을 수 없으면 사는 것이 인생인걸. 삶은 살아가는 것이 아니라 살아내는 것이다. 비가 오지 않아 조금씩 말라가는 큰 숲을 바라보며 슬퍼할 것이 아니라, 당장 눈앞에 시들어가는 한 송이의 꽃에 물을 주고, 추위에 떠는 동물들에게 먹이를 챙겨주자. 그 누구도 당신이 숲을 살리지 못한다고 손가락질하지 않는다. 감당할 수 없는 일에 스트레스 받으며 시간을 낭비하지 말고, 사소하더라도 가까운 누군가에게, 또 본인에게 의미 있는 일을 하며 작지만 단단한 행복을 누리며 살아가면 어떨까?

　나는 어떤 방식으로든 사는 것보다 죽는 것이 더 어렵다는 것을 깨닫기까지 꽤 오래 걸렸다. '살고 싶지 않다'는 말이 곧 '죽고 싶다'라는 말이 아니라는 것을 깨달으면서 삶의 비밀을 알아버린 것 같다.

끝나지
↘ 않는
우리의
이야기

두려움에 눈물 흘린다는 것은 그만큼 간절하다는 것.
많이 지쳤다는 것은 그만큼 노력했다는 것.
실패에 좌절을 느낀다는 것은 무언가를 끊임없이 도전했다는 것.
살고 싶지 않다는 것이 죽고 싶다는 말이 아니라
더 잘 살고 싶다는 것임을 자각했다.

이
성
음

멘탈헬스코리아 2기를 수료하고 피어 스페셜리스트로 활동 중이다. 학창 시절 친구들과의 갈등으로 어려움을 겪었고, 몸까지 다치면서 진로를 바꿨다. 일찍이 시작한 청소년 활동가 생활로 사람들과 부딪혔지만, 지금은 많은 것을 극복한 상태이며, 남은 아픔을 이겨내기 위해 노력 중이다.

유튜브 〈씨리얼〉에서 '자해를 하는 사람의 솔직한 생각 | 남겨진 상처' 편 인터뷰를 진행했다. 또 청소년 고민 상담 프로그램 '다 들어줄 개' 상담사들 앞에서 자해 경험을 토대로 학교생활 속에서 벌어지는 다양한 문제에 대해 이야기했다. 뿐만 아니라 청소년문화예술센터에서 정신 건강 위원회로 활동 중이다.

청소년 때 겪었던 아픔을 다른 사람들은 겪지 않았으면 하는 마음으로 오늘도 문제를 해결하기 위해 노력 중이다.

누구에게나 슬럼프는 온다

중학생 때 겪었던 슬럼프는 아무것도 아니었다는 것을 고등학교 입학과 동시에 깨달았다. 학원 및 친구 관계에서만 스트레스를 받던 내가 고등학교에 들어오고 나자 모든 게 스트레스였다. 분명 처음 고등학교에 입학했을 땐 행복했다. 괴롭히던 중학교 친구들도 없고, 그 시절을 아는 친구들도 없으니 잘 풀릴 것만 같았다. 하지만 인생은 새옹지마라 했던가. 한순간의 실수로 다시 나락에 떨어졌다.

1학년 때는 쉴 틈 없이 노력했다. 자주 모이는 동아리에 들어갔고, 선생님들을 자주 찾아가 눈도장을 찍었고, 야간자율학습도 성실하게 참여했고, 조별 과제를 하지 않은 아이들을 대신해 혼자 열심히 준비했다. 이렇게 최선을 다해 학교생활을 마친 후 취미인 주짓수를 하러 갈 때면 나는 늘 지쳐있었다. 하지만 함께 운동하는 사람들이 좋았고, 무엇보다 재미있어서 슬럼프가 오지 않을 줄 알았다.

운동을 시작하고 6개월 뒤 슬럼프가 왔다. 실력이 늘지 않는 내 모습을 보며 자책했다. 나보다 늦게 들어온 사람들이 나보다 실력이 좋으니, 지금까지 배운 것이 무의미하게 느껴졌다. 좌절해서 울고 있을 때 코치님이 말해주었다. 지금 이 고비를 넘기면 실력이 올라갈 거라고. 코치님의 말을 믿고 다시 일어서기로 했다. 거짓말처럼 실력은 상승했고, 나는 '성장의 아이콘'이라고 불렸다.

학교에서 활동할 때는 힘든 걸 몰랐다. 다른 친구들이 쉬지 않고 달리니 나 역시 쉬지 않을 뿐이었다. 목표가 확실했고, 그래서 잘 나아가고 있다고 믿었다. 그러나 학년이 바뀌면서 번아웃이 찾아왔다. 내 성적으로 갈 수 있는 대학이 적다는 사실과, 내가 방황하는 이 순간에도 다른 친구들이 꿈을 위해 노력한다는 사실이 몹시 괴로웠다. 나는 어느새 방향을 잃은 배처럼 떠돌고 있었다.

　가장 큰 좌절과 무기력은 2019년 10월에 찾아왔다. 시험이 끝난 뒤 어느 월요일, 우리 학교 교문 근처에 늘 있던 고양이인 영락이가 보이지 않았다. 처음에는 대수롭지 않게 여겼는데 얼마 후, 영락이가 죽었다는 소식을 들었다. 영락이가 아픈 걸 알고는 있었지만, 갑작스러운 이별을 받아들이기에는 너무도 짧은 시간이었다. 설상가상으로 슬퍼할 새도 없이 수행평가 과제가 주어졌다. 슬픔은 잠시 접어두고 과제를 시작해야 했다. 게다가 그 주에 학교 행사까지 있어서, 과제도 미루고 준비했다. 안 그래도 신경 쓰이는 상황에서 같이 준비하는 사람들과 마음이 맞지 않자 과부하 상태가 되었다. 아무것도 하기 싫었다.

　'다른 친구들은 온전히 수행평가만 준비하고 있는데, 나는 왜 친구들처럼 준비하지 못하고 이 행사를 준비해야 하지? 영락이의 죽음을 슬퍼하고 싶은데, 왜 슬퍼할 시간조차 주지 않지?'

　잡생각이 꼬리를 물다가 피로가 쌓여, 집에 오면 어떻게 잠들었는지도 모르게 잠들었다. 행사 또한 기대한 만큼 좋은 결과가 나오지 않았다. 모든 것을 포기하고 몰두한 결과물인데, 내 문제인가 싶어 자책감만 들었다. 굳이 묘사하자면 온몸이 칼로 찢긴 느낌이었다. 다른 사람에겐 별문제가 아닌 것처럼 보일지 몰라도 내겐 고통스러운 기억이다.

고등학교 3학년 때는 말할 것도 없다. 시작부터 코로나가 돌기 시작했고, 입시와 관련한 모든 일정이 미뤄지면서 준비도 늦어졌다. 학교에 가지 못해서 온라인 수업을 했고, 독서실에서 모의고사를 보았다. 쉽게 집중할 수 있는 환경이 아니었다. 갑갑해 죽겠는데 어디 나가자니 눈치가 보였고, 그렇다고 집에서 편히 쉬지도 못했다. 나는 입시생이니까. 온종일 집에만 있으니 닭장 속의 닭이 된 기분이었다.

답답함과 좌절감은 성적에 그대로 반영되었고 나는 또다시 좌절했다. 좌절의 악순환이었다. 우울이 깊어졌다. 최악의 상황 속에서도 나름대로 입시를 준비했지만 상황은 좀처럼 나아지지 않았다. 코로나가 없었다면 평소처럼 수시를 준비하고, 담임 선생님과 상담하고, 마지막 학교생활을 즐기면서 추억을 쌓았을 텐데. 2020년을 통째로 리셋하고 싶었다. 나는 헤어나오지 못하는 슬럼프의 늪을 지나고 있었다.

스스로 가했던 상처들

아직도 기억난다. 처음 자해를 했던 그 순간이.

첫 자해는 중학교 2학년 때였다. 어느 토요일, 학원에서 진행하는 중간고사 특강을 듣다 스트레스를 너무 받아 화장실 세면대에 물을 틀어놓고 손목을 그었다. 남들은 자해를 하면 스트레스가 풀린다고 했는데 나는 그냥 아프기만 했다. 오히려 이까짓 스트레스도 이기지 못해 자해한 나 자신이 한심해 더 스트레스를 받았다. 아프기만 했던 첫 자해를 끝으로 다시는 자해를 안 할 줄 알았다.

하지만 끝난 건 아니었다. 잠시 자해를 잊은 것뿐이었다. 고등학교 1학년 때, 친구와 다툰 후 자책하며 손등을 그었다. 손목이 아니라 손등에 했던 이유를 곰곰이 생각해보면, 내 고통을 남에게 보여주고 싶으면서도 실제로 털어놓기는 힘든 이중적인 감정 때문인 것 같다.

결국 다음 날 손에 붕대를 한 채 학교에 갔고, 단번에 친구들의 시선을 끌었다. 담임 선생님에 의해서 붕대에 감춰진 상처가 드러났다. 다른 아이들은 모르겠지만, 아마 몇몇 친구와 선생님은 그때 눈치챘을 것이다. 그런데도 모른 척해주는 사람들이 너무 고마웠다. 상처에 대해 다른 사람들이 물어본다면 더 우울해졌을 테니까.

사람들에게 들키고도 자해를 그만두지는 못했다. 고등학교 1학년 때는 자주 자해했고, 흉터까지는 아니지만 흔적이 남을 만큼 했다. 학교 화장실에 들어가서 손목을 긋고 상처를 교복으로 덮었다. 교복 소매는 자주 피로 물들었다. 학년이 올라갈수록 쌓이는 스트레스를 풀기 위해 생각나는 것이 자해밖에 없었다. 때문에 종종 손목을 그었다.

그러나 자해하는 게 꼭 자신을 학대하는 것이라는 생각은 하지 않는다. 어찌 보면 신체적인 자해보다 정신적인 자책이 더 괴롭다는 생각이 든다. 나 역시 내 잘못이 아닌 일에도 나를 탓했고, 그렇게 해야 다른 사람이 나를 미워하지 않을 거라고 생각했다. 그러다 보니 마음은 점점 닳아갔고, 모든 게 내 잘못이니 나에게 벌을 준다는 생각으로 자해를 시작했다. 그러고 나면 아프고 속상해서 눈물이 나오지만, 스트레스가 풀린다는 느낌도 함께 들었다. 그렇게 악순환이 반복되었다.

지나간 시절들을 돌아보면 대부분 '그땐 그랬지'라는 생각으로 가만히 바라보게 된다. 그리고 그 당시에 겪었던 일이나 감정들을 한결 수월하게 받아들인다. 그리고 생각은 이어진다. 나를 학대한 것은 자해하는 내 손이 아니라, 자해하게 만든 '죄책감'이 아니었을까. 이 감정을 없애는 것이 필요하지 않을까. 지금도 죄책감에서 완벽히 벗어나지 못했지만, '이 또한 지나가는 상처겠지'라는 마음으로 하루하루 살아간다.

나를 사랑할 수 있을까?

나를 사랑한다는 것은 참으로 어렵다. 나 역시 나를 사랑하는 데까지 너무 오랜 시간이 걸렸다. 나를 사랑할 수 있도록 도와준 사람들 때문에 가능했던 일이다.

다행히도 내 주변에는 고민을 들어주는 사람들이 많았기에 어느 정도 고민을 이야기할 수 있었다. 물론 용기가 필요했다. 그들은 내가 이야기할 때까지 기다려주었다.

중학생 때부터 알던 언니는 내가 자해한다는 것을 알고 그만하라고 말했지만, 전과 다름없이 나를 대했다. 이유를 물어보자 "네가 자해한다고 해서 네가 아닌 게 아니잖아. 난 네가 안 좋은 방법으로 스트레스를 푸는 것 같아서 안타까웠어"라고 대답했다. 이때, 나를 아껴주는 사람이 있음을 깨달았다.

잠깐 학교에 오셨던 교생 선생님도 기억난다. 아직도 연락하면서 지내고 있는데, 선생님 또한 내 이야기를 잘 들어주셨다. "눈물을 참고 있는 게 보여서 마음이 쓰였는데, 눈물이 날 땐 울어도 된다"는 선생님의 말씀에 마음을 조금 놓았다.

늘 옆에서 나를 바라봐준 나의 사랑은 힘들 때마다 이야기를 들어주고, 우는 나를 안아주고 챙겨주었다. 내가 외롭고 힘이 들 때면 생각보다 더 많은 사람이 나를 사랑하고 있다고 일러주었다.

이렇게 많은 사람의 노력으로 나는 나를 사랑하기 시작했다. 사람들은 흔히 자신을 사랑하지 않으면 남들도 날 사랑하지 않는다고 말하지만, 내가 나를 사랑하지 않더라도 그렇게 할 수 있도록 도와주는 사람들을 주변에서 보았기에, 이 말에 꼭 공감하지는 않는다.

그러나 타인에 의해 생긴 자기애는 오래가지 못한다는 것을 알고 있기에, 나 또한 나를 진정히 사랑하는 방법을 찾고 있다. 방법 중 하나로 조금이라도 칭찬할 만한 나의 요소를 스스로 칭찬하는 것을 발견했고 실천 중이다. 사소하게라도 말이다.

지금의 나는 몸과 마음에 남은 상처들을 성장하려 노력했던 흔적이라고, 내 아픔이 결코 헛되지 않았음을 보여주는 증표라고 믿는다. 내가 나를 사랑하는 법을 몰랐으니까, 나 자신에게 무관심한 내가 상처를 보며 깨우치길 바라는 마음에 몸에도 상처를 남긴 게 아니었나 싶기도 하다. 끊어내지 못한 자책감 또한 더 이상의 실수를 반복하지 않기 위한 나의 노력이 아니었을까.

감정을 숨기는 이유

　　나를 만난 대부분의 사람은 나를 외향적인 사람으로 판단한다. 에너지 넘치고 밝은 분위기를 조성하며, 주변을 웃게 하고 다른 사람들의 말을 잘 들어주기 때문인 듯하다. 그렇다 보니 사람들은 나의 슬픈 모습을 좀처럼 보지 못한다. 사실은 내가 보지 못하게 했다. 가면을 쓰기 시작한 것이다. 그리고 내 감정을 읽을 수 없도록 하기 위해 가면은 점점 두꺼워졌다. 힘들어도 아닌 척하며 남을 위로하기 바빴고, 내 감정은 잘 다스리는 척하며 살았다.

돌이켜보면 처음 감정을 숨긴 것은 동생이 태어났을 때였다. 오랫동안 집을 비웠던 엄마가 돌아왔을 때, 엄마 품에 안긴 아기를 보고, 엄마를 빼앗긴 기분이 들었다. 그러나 이 감정을 엄마에게 말하지는 않았다. 이유는 잘 모르겠다. 말하면 안 될 것 같아서였을까.

감정을 숨긴 이유에 대해 생각해보았다. 사실 내 감정은 다른 사람들의 어려움에 비하면 아무것도 아닌 것 같았고, 힘들다고 말하면 환경에 적응하지 못하는 패배자인 것 같았다. 또 감정을 드러내봤자 아무도 도와주지 않을 것 같았다. 항상 아버지에게 들어왔던 "뭐만 하면 질질 짜냐"라는 말은 내 슬픔을 구속했다. 울면 나에게 시선이 쏠리는 게 불안해서 사람들 앞에서 울지도 않았다. 그렇게 혼자서 감정을 썩히다 밤에 홀로 방 안에 누워 우는 것이 습관이 되었다.

슬픔뿐만 아니라 분노도 숨기며 살았다. 친구들과 조별 과제를 하는데, 무임승차를 하는 친구들에게 아무런 말도 하지 못한 채 혼자 다 해냈다. 참으면 편하다고 내 자신을 달랬다. 친하다고 생각했던 친구들이 헛소문을 듣고 나를 몰아세울 때도, 친하게 지내지 말자고 했을 때도 괜찮은 척했다.

내가 이렇게까지 감정을 숨긴 데에는 너무도 가박하고 냉정한 사회 분위기도 한몫했다고 생각한다. 누군가의 감정을 받아들일 여유도 없거니와, 자신의 감정마저도 배출하지 못하는 현대인들 사이에서 살아남기 위해서는 나 역시 이 틀에 맞춰서 살아가야 했다.

감정을 표현하는 연습

    그렇게 감정을 숨기기만 했던 나는 만나고 있는 주변 사람들의 영향을 받으며 감정을 표현하기 시작했다. 그들은 내게 비밀이 너무 많은 것 같다고 이야기했다. 사실 다른 사람들도 나와 같은 줄 알았다. 하지만 내 주위 사람들은 감정을 적절히 표현할 줄 알았고, 나는 내 감정을 숨김으로써 나 자신을 배척하고 있었던 것이다.

    인정하기 싫지만, 지금은 내가 제일 싫어하는 사람이 나를 바꿔놓았다. 그 사람도 나와 비슷하게 감정을 잘 드러내지 않는 사람이었지만 한 가지 다른 게 있었다. 그는 분노라는 감정만큼은 절대 숨기지 않았고, 분노 속에 섞인 슬픔도 잘 드러내는 사람이었다. 그를 보며 생각했다.

'내가 감정을 드러내지 않는다면 이 사람은 계속 내게 이런 식으로 감정을 표출할 것이고, 나는 계속해서 이 사람에게 상처받을 것이다.'

이때부터 서서히 감정을 표현했다.

그는 화를 내지 않을 때면 나에게 잘 대해주었고, 힘든 것은 무엇이든 말하라고 하면서 자신의 어려움을 솔직하게 고백했다. 그래서 나 역시 마음을 열 수 있었다. 물론 그 사람과 어느새 멀어져 마음을 닫게 되었지만, 다른 사람들에게는 어느 정도 마음을 열기 시작했다. 모든 속마음을 솔직하게 이야기할수는 없었어도 내 이야기를 하는 것을 조금씩 즐기게 되었다.

여전히 사람들은 나의 솔직한 감정을 원했지만, 곧장 이야기하지는 않았다. 대신 다른 이야기를 하면서 자연스레 감정을 섞는 방법을 배웠다. 특히 분노를 조절하며 표출하는 법에 익숙해져 지금은 누구에게도 부당한 대우를 받지 않을 정도로 표현한다. 완벽하지는 않지만, 발전하기 위해서 끊임없이 노력하고 있다.

순간을 즐기다

어느덧 나는 10대의 끝자락에 서 있다. 돌이켜보면 힘든 일도 많았고, 재밌는 일들도 많았다. 앞서 나의 힘들었던 이야기를 소개했지만, 내 인생 전체가 힘들었던 것은 아니었다. 재밌고 즐거웠던 경험도 많았기 때문에 지금은 적어도 불행하지는 않다고 생각한다.

자해의 경험도 나쁜 것만은 아니었다. 〈씨리얼〉이라는 채널에서 비슷한 어려움을 겪는 친구들에게 도움이 되는 인터뷰도 할 수 있었다. 얼굴도 모르지만 분명 내 말 한마디로 위로받은 사람들이 있을 거라 믿는다. 왜냐하면 인터뷰를 할 때 '사람들이 덜 힘들게 살아갔으면 좋겠다'는 마음으로 임했으니까. 진심은 통하는 법이니까.

정신 건강 문제에 관심을 두고 관련 수업들을 들으며 느낀 점은 다른 요소들도 너무 소중하지만, 심리적 안정감, 정신 건강이야말로 정말 기본 중 기본이라는 것이었다. 같은 일이어도 아름다운 기억으로 남느냐, 나쁜 기억으로 남느냐 하는 것도 결국 내 마음이 결정한다는 것을 이제는 잘 알고 있다.

짧다면 짧고 길다면 긴 내 인생을 비유하자면 밤바다에서 터트리는 불꽃놀이 같다고 할까? 처음 불을 켜기 전의 두려운 마음, 이내 화려하게 터지는 아름다운 불꽃들, 그러나 꺼져버리고 마는 것들, 그럼에도 기억 속에 오랫동안 행복하게 남을 순간……. 나의 10대가 그랬다.

이 글은 나만의 글이 아니라고 생각한다. 나와 함께한 사람들과 써 내려간 이야기다. 함께해줘서 고맙다는 말을 꼭 전하고 싶다. 내 이야기는 여기서 끝나더라도, 우리의 관계는 마지막의 마지막까지 함께하기를.

끝나지 않는 우리의 이야기

요즘은 아르바이트를 하면서 개강 준비를 하고 있습니다.
이따금 이렇게 사는 게 맞나 싶지만,
그냥 적응하며 살아가고 있습니다.
원고를 집필할 당시에는
수능이, 대학이 인생의 전부인 줄만 알았습니다.
하지만 대학생이 되고 나니
19살 때까지만 해도 중요했던 것들이
더 이상 중요하지 않다는 것을 알게 되었습니다.
살면서 중요한 건 계속해서 바뀌고,
우리는 그랬던 과거를 추억하기 마련입니다.
후회가 남지 않게, 현재를 열심히 사는 것이 정답입니다.

김
도
희

평범한 고등학교 2학년 학생이지만, 이 짧은 인생에서 경험한 시련만 네다섯 가지인 다양한 아픔의 전문가다. 멘탈헬스코리아 2기를 수료하며 피어 스페셜리스트가 되었다. 열 살 때 영문도 모른 채 시작된 학교폭력부터 예기치 못한 커다란 사건, 지금까지 이겨내지 못한 아픔까지 솔직하게 담았다.

정신 건강 의학과에 다니지 않고 혼자 시간을 보내다가 힘들어질 때면 심리학 전문가의 상담과 도움으로 아픔을 이겨냈다. 현재 정신 건강과 심리 관련 공부를 하며 과거 나와 비슷한 경험을 했거나 지금 경험 중인, 또 앞으로 경험할 독자들에게 도움이 될 만한 말을 전할 계획이다. 이런 작은 노력이 모여 정신과에 대한 인식과 우울에 대한 생각이 변화하길 기대하고 있다.

아픔이 나를 키웠다

나는 많은 사랑을 받고 자란 외동딸이었다. 풍족하게만 자라왔던 나는 노력한 만큼 돌아오지 않는 인간관계에 실망하면서 우울해지기 시작했다.

열 살 때쯤, 나는 부모님보다 친구와 연락을 더 많이 할 만큼 친구에게 최선을 다했다. 그래서인지 나름 인간관계가 원만했으며, 주변 사람들이 모두 나를 좋아하고 있다고 느꼈다.

하지만 착각이었다. 나는 어느새 친구들 사이에서 소위 은따가 되어 있었다. 처음엔 내가 무언가 잘못한 줄 알고 더 많은 시간과 정성을 쏟아부었으나 돌아온 것은 없었다. 함께 어울리던 아이들 사이에서 나는 별거 아닌 존재가 되어버렸고, 그 아픔을 초등학교 3학년이 견뎌내긴 힘들었다. 매일 밤 고민했지만, 가장 소중한 나의 편인 엄마 아빠가 알게 되면 속상할까 봐 모든 일을 숨기며 전전긍긍했다. 고민을 털어놓을 사람이 없어 계속 참았고, 누군가 곧 알아줄 거라고 생각하며 마음의 상처를 키워만 갔다. 쌓이는 스트레스를 폭식으로 풀었다.

평소 친구가 많았던 내가 혼자 지내는 것을 담임 선생님도 자연스럽게 알게 되었다. 결국 선생님의 전화로, 절대 모르길 바랐던 엄마 아빠가 이 사실을 알게 되었다. 티는 안 내셨지만 아마 큰 충격이었을 것이다.

이 사실이 알려진 뒤 나는 모든 상황이 뒤바뀌길 바랐다. 또 가해자들에게 무거운 처벌이 이루어질 거라는 기대감에 부풀었다. 하지만 이 기대도 어김없이 좌절됐다. 아이들 사이에 큰 싸움이 벌어졌다는 식으로 이야기가 꾸며졌다. 가해를 했던 아이들의 부모가 사태의 심각성을 몰랐으며, 학교를 포함한 관련자도 피해자인 나를 배려하기보다는 가해자의 입장에서 변명하기 바빴다.

지금의 내가 그때의 상황을 다시 생각하면 매우 억울하고 분하다. 과거의 나 또한 억울한 마음이 없었던 것은 아니었지만, 그때는 당장 집단상담을 해야 한다는 사실에 눈앞이 캄캄했다. 사실 나는 처벌보다 친구들의 진정한 사과를 원했다. 하지만 집단상담으로는 도무지 진정한 사과가 이루어질 것 같지 않았다. 예상대로 집단상담은 아이들이 가지각색의 핑계를 대는 자리로 변질되었다.

담임 선생님은 가해자들과 나를 한 곳에 불러 둘러앉혔다. 그 후 선생님이 "왜 그랬니?"라는 질문을 하면, 아이들이 온갖 이유를 말했다. 오히려 그 자리에 내가 빠져야 상담이 원활했을 것이다. 그 자리는 분명 가해자들을 교육하는 자리였는데, 내가 마음에 안 드는 이유를 나열하는 자리라는 생각만 들었다. 그들이 혼나고 있음에도 불구하고 잘못한 기분이 드는 건 오히려 나였다.

가해자들이 내뱉은 다양한 이유들은 날 더욱 황당하고 비참하게 했다. 공부를 잘해서. 부모님들이 자꾸 나와 비교하고 혼을 내서. 항상 노는 것 같은데 늘 자기보다 성적이 잘 나와 질투가 나서. 집이 잘사는 것 같아서. 항상 좋은 물건이나 옷을 입고 다니니 부러워서. 당시의 나로서 납득할 수 없는 이유였다.

지금 생각해보면 우리 사회의 경쟁이 원인이었던 것 같다. 자유로운 부모님 밑에서 자랐던 터라 학습에 대한 고민을 하지 않았으며, 학원도 놀이 수업 형태의 학원밖에 다니지 않았다. 하지만 다른 학부모들은 항상 아이들의 공부에 관해 치열하게 고민했고, 학원에 보내지 않으면 불안해했다. 보통 초등학교 저학년이 네다섯 개의 학원에 다녔으니까. '애들은 놀면서 커야 한다'고 생각하는 학부모들이 소수라는 게 슬프지만 현실이었다. 결국 부모들의 경쟁이 아이들의 경쟁으로 이어지며 나 같은 피해자가 나온 것이었다.

　　더욱 나를 비참하게 한 건, 겨우 아이들 싸움으로 유난을 떤다고 생각하는 가해자 학부모였다. 실제로 그 상담 이후 가해자는 어떠한 처벌도 받지 않았고, 아무 일 없었던 것처럼 일상으로 돌아갔다. 담임 선생님을 원망하는 것은 아니다. 다만 가해자의 학부모와 가해자의 진심 어린 사과 한마디가 없었다는 것이 속상했을 뿐이다.

　　이런 문제가 해결되기 위해선 어른들이 아이들의 경쟁에 대한 짐을 덜어주고, 아이들의 이야기를 진심으로 존중하며 들어줘야 한다. 솔직히 이런 해결책이 우리나라 입시 상황과 동떨어진 것일지도 모른다. 하지만 나와 같은 경험을 겪었거나 겪을지 모르는 아이들에게 큰 도움이 될 것이다. 뻔한 이야기일지도 모르겠지만, 그 시절 내가 필요했던 건 존중해주는 어른이었으니까.

또 마음의 상처는 아무렇지 않은 것 같아도 꽤 오래가기 때문에 주저 말고 심리상담을 꼭 받기를 추천한다. 나 또한 방치했다가 상처가 더 깊어진 뒤에 심리치료를 시작했기 때문에 다 낫기까지 비교적 오랜 시간이 걸렸다.

마지막으로 이런 경험이 있다고 불안해하거나 절망하지 않으면 좋겠다. 그 경험은 언제라도 도움이 될 것이다. 남들이 하지 못한 경험을 하고, 그 경험을 통해서 성장한 것을 생각해보면 전혀 부끄럽지 않다. 나 역시 내 삶을 원망했었지만, 지금은 비슷한 경험으로 고통받는 사람을 도울 수 있다는 사실이 감사하다.

아픔의 전문가가 되어 이런 글을 쓴 것도, 세상을 바꾸고 싶다는 꿈을 꾸게 된 것도 모두 내 경험 덕분이기에, 내게 찾아온 아픔이 나에게 또 다른 길을 열어주었다고 생각하고 있다.

조금 더 나를 사랑했다면

첫 번째 상처는 해결되지 못한 채 흐지부지 끝나버렸다. 이후 성격이 내향적으로 바뀌고 폭식을 멈추지 못했지만, 다음 해에는 나름 새로운 친구들도 사귀면서 행복하게 지냈다. 그러나 행복도 잠시, 삶의 밑바닥을 마주했다.

불행의 시작은 안타깝게도 내가 만들었다. 친구를 잘못 사귄 탓이다. 따돌림 이후 부모님 덕분에 예전의 나를 다시 찾아가며 새로운 친구들을 만났고, 그들과 어울리면서 행복하기만 할 줄 알았다. 엄청난 착각이었다.

새 친구들은 나만 빼고 약속을 잡는 것은 기본에, 친구라는 핑계로 나를 무시했고 괴롭혔다. 심지어 다른 친구들보다 2차 성징이 빨랐던 나의 생리 날짜를 운운하고 계산까지 하며 성희롱을 서슴지 않았다.

본격적인 괴롭힘은 몇 달 뒤 시작되었다. 그때는 이미 돌이킬 수 없는 상태였다. 같은 반 남자애들이 나를 바이러스 취급하면서 내가 지나다닌 곳과 내가 만진 물건을 더럽다며 혐오했다. 카톡으로 쏟아지는 욕설과 비하 때문에 다른 사람과 연락하는 게 무서워 카톡을 지워버리기도 했다. 언어폭력으로 시작한 괴롭힘은 물건을 던지는 상황으로 악화되었다.

하루하루가 지옥 같았고 안 울었던 날보다 울었던 날이 더 많을 정도였으며, 엄마의 눈물도 자주 보게 되었다. 무엇보다 사랑하는 사람이 나 때문에 날마다 아파하고 같이 울었다는 것이 가슴 아팠다. 결국 나는 투신자살까지 생각했다.

고작 열두 살의 나이에 자살을 생각할 정도로 괴롭힘을 받은 이유가 뭘까? 나에게 질문을 던져보았다. 남들보다 뚱뚱해서? 성격이 이상해서? 하지만 모든 생명은 소중하고, 이런 끔찍한 괴롭힘을 받을 정당한 이유는 애초에 없다. 이유 없이 이런 일을 당한 것이다.

그렇다고 해서 아무런 노력조차 하지 않은 것은 아니었다.

새로운 친구와 사귀려고 노력했지만 마음처럼 되지 않았다. 아이들과 나 사이에 벽이 있는 느낌이었고 결국 다른 친구들마저도 나와 같이 다니지 못하겠다는 편지 한 장을 남기고 떠났다.

이후 나는 학교 상담실인 위클래스를 제집 드나들듯 했는데, 이것은 도움이 되었다. 상담을 통해 학교에 내 편이 한 명이라도 있다는 사실을 깨달았고, 매일매일 내 이야기를 하고 선생님의 이야기를 들으며 보냈다. 울고 웃으며 보냈던 이 사소한 하루가 큰 힘이 되었고 자살 생각을 멈추게 했으며, 내 삶을 돌아보게 만들었다.

사실 처음 담임 선생님과 상담했을 때 학교에 대한 배신감과 우리 반에 제대로 된 내 편은 하나도 없다는 사실을 깨닫고 큰 충격을 받았다. 선생님과 두 번의 상담을 했는데 한 번은 나를 포함해 총 세 명과 같이한 상담이었고 또 한 번은 우리 가족을 불러 했던 상담이었다.

첫 번째 상담에서 선생님은 나를 혼내기만 했다. 그 당시 나는 이 모든 게 진짜 내 잘못인 줄 알았다. 가장 충격적이었던 선생님의 말은 "다른 친구들은 변했는데 넌 왜 아직 그대로니? 피해망상증이 있는 것 아니니?"였다. 이게 과연 학교폭력을 당하고 있는 학생에게 담임이 할 수 있는 말인가?

또 두 번째 상담에서 선생님은 나를 괴롭힌 친구의 변명을 늘어놓으며 내가 피해자라는 것을 인정하지 않았다. 그 친구와 내가 싸운 것일 뿐이며 나와 그 친구를 붙어 있지 못하게 조치하겠다고 이야기했다. 당연히 학교폭력 위원회조차 열리지 않았다.

나는 이미 모든 것에 지쳐버렸기 때문에 따질 생각도 하지 않고 그냥 포기했다. 우울증과 대인기피증을 앓던 그때의 내가 이 모든 상황이 진심으로 내 잘못이라고 생각했으며, 나 자신도 믿지 못했다는 사실은 후회된다. 조금 더 나를 사랑했다면 좋았을 텐데.

학교폭력은 어떻게 해결해야 할까? 그룹을 나누어 생각해 보았다. 먼저 학교에서 할 수 있는 일로는 일단 학교폭력에 대한 인식 교육이나 예방 교육의 형태를 바꾸는 것이다. 이를테면 전교생을 대상으로 하는 강의가 아닌, 한 반에 한 명씩 교사를 배치하는 형식으로 학생 모두가 직접 참여할 수 있는 프로그램을 만들어야 한다. 강의를 들어본 내 경험상, 경각심을 심어주거나 내용이 오래 기억나는 강의는 대부분 직접 참여하는 강의였기 때문이다.

같은 친구로서 학교폭력 피해자를 돕는 방법은 피해 친구의 말을 들어준 뒤 진심으로 공감하는 것이다. 적어도 내가 피해자였을 땐 그랬다. 보통 학교폭력에 희생된 친구들은 학교에서 대화를 나눌 상대가 제한적이거나 없기 때문에 소통에 목말라 있다. 그러니 그런 친구들과 대화할 땐 "그랬구나"와 같은 형식적인 공감이 아닌, 진심에서 우러나오는 소통이 필요하다. 대화와 함께 간단한 취미 생활이라도 같이하다 보면 그 친구들이 행복해지는 데 큰 도움을 줄 수 있겠다.

마지막으로 실제 학교폭력을 당하는 사람에게 몇 가지 말을 전하고 싶다. 우선 다른 사람, 심지어는 내 사람이라고 생각했던 사람조차 나를 믿지 않을지라도, 나만큼은 나를 굳게 믿고 사랑해줘야 한다. 조금은 힘들 수 있다. 이 말을 전하는 나조차 과거에 그러지 못했으니까. 하지만 그렇게 하지 못한 결과 자존감이 바닥으로 떨어졌고 이를 원래의 절반 가까이라도 회복하는 데 약 5년 이상 걸렸다. 그 과정은 너무 외로웠다. 외로운 싸움에서 지치지 않게 나라도 나를 사랑해주는 게 꼭 필요하다.

또 기회가 된다면, 지금 있는 지역이나 장소를 떠나는 것이 좋다. 떠나는 것을 절대 비겁한 일이라고 생각해서는 안 된다. 상처를 치유하는 한 가지 방법일 뿐이다. 당시 부모님은 학교폭력에 시달리던 내게 전학을 제안하셨지만, 나는 이제 와서 피하는 것이 비겁하다고 생각했다. 전학을 가도 똑같은 일이 반복될 것이라는 불안감에 휩싸여 포기했고 결국 나중에 이 선택을 후회했다.

이후 우연한 기회로 이사를 하게 되었는데, 그 장소를 떠나고 가해자들을 보지 않는 것이 나쁜 기억을 잊는 데 조금이나마 도움이 되었다. 나에게 닥친 새로운 상황에 적응하는 데 바빠 과거의 아픈 기억이 떠오르지 않게 되었다.

결국 시간이 모든 것을 해결해준다. 어디선가 '시간이 흐른 뒤 성장한 내가 해결해주는 것'이라는 글을 본 적이 있는데, 너무 공감이 갔다. 그러니 이 글을 읽는 피해자 친구들이 있다면 상처를 잊으려고 너무 전전긍긍하거나 상처를 극복하지 못했다고 해서 불안함을 느끼지 않았으면 좋겠다. 그것조차 스트레스가 될 수가 있으니까. 적어도 난 그랬다. 고통을 겪는 친구들의 시간이 조금 더 빨리 흘러가기를 바라본다.

상처는 흉터 대신 날개를 남겼다

　　나는 인간관계로 상처받은 후 성격이 많이 바뀐 것 같다. 원래는 외향적인 성격에 정이 많았는데, 그 일 이후 내 사람한테는 잘해주되 다가가기 어려운 냉정한 사람이 되었다. 그러나 다른 사람 눈치를 보는 것보다 '아닌 것은 아니다'라고 말하는 것이 스트레스를 줄이는 데 도움이 된다고 생각하니 걱정되진 않는다.

　　나는 아픈 만큼 성장했다. 다른 사람을 신경 쓰지 않고 나만을 위한 하루하루를 보내면서 내 할 일에 집중했다. 성적도 올랐다. 선의의 경쟁을 하는 친구들을 만나서였다. 무엇보다 나를 괴롭혔던 사람들보다 더 나은 사람이 되고 싶다고 다짐했기에 가능했다. 지금 당장 내가 그들에게 확실하게 보여줄 수 있는 건 성적이라고 생각했다. 그래서 더 열심히 했고 결과는 금방 나타났다.

상위권의 성적을 유지하자 괴롭히던 사람들이 나에게 도움을 요청할 때도 있었다. 뒤바뀐 상황에 희열을 느끼면서 '최고의 복수는 성공'이라는 것을 깨달았다. 또 주변 사람들에게 나를 증명하면서 나를 사랑할 명분을 얻었다. 자존감이 올라가는 건 당연했다.

또 타인은 내 과거와 내 삶에 생각보다 관심이 없어서 그들이 절대 내 삶을 발목 잡을 수 없다는 것을 깨달았다. 성적이 오르자 태도가 바뀌는 사람들을 보며, 이 세상에 숨어 있는 피해자가 당당하게 가해자와 맞서는 모습을 보고 싶다는 생각이 들었다. 혹시라도 폭력에 아파하고 있는 피해자가 있다면, 나를 사랑할 수 있는 노력을 해보길 추천한다.

상처는 무기력을 만들기도 하지만 때로는 오기가 된다. 나 역시 그 상처를 계기로 죽을 만큼 공부할 수 있었다. 삶의 밑바닥을 보고 난 뒤에 나는 평생 함께할 친구도 만났고, 진정

으로 하고 싶은 일도 생겼다. 바로 '정신 건강 의학과 전문의'
가 되는 것이다. 상처가 내게 날개를 달아주었다.

꼭 공부하는 것이 아니더라도 거울을 보며 스스로 칭찬하
기, 감사 일기 적기 등 형식적인 노력을 하다 보면 조금씩 바
뀌는 자신을 볼 수 있다. 그러다 보면 언젠가 성공한 자신을
발견하고 기뻐하게 될 것이다. 당신의 성공을 응원하는 한
사람이 여기에 있다.

해 뜨기 전 새벽이 가장 어둡다

인생에 행복만 오는 법은 없었다. 그동안 겪었던 것과는 차원이 다른 아픔을 겪었다. 내가 해결할 수 없는 문제였기 때문이다. 점점 가세가 기울어져 가고 있었다. 평생 부족함 없이 자랐던 내가 부족함을 알게 되었다. 어린 시절 어렵게 자랐다는 아빠의 기분을 조금이나마 알 것 같았다.

한순간에 집을 잃었고, 차를 잃었고, 심지어 나를 뺀 가족 모두의 핸드폰도 정지되었다. 그 많던 주위 사람들, 심지어 친척들까지 떠나갔다. 항상 우리 집에 누군가가 찾아왔고 나는 집에 아무도 없는 척 숨죽여야만 했다. 반찬으로 콩나물만 먹었는데, 가격에 비해 양이 많았기 때문이다. 나중에는 밥을 물에 말아서 고추장과 김치만으로 밥을 먹었다. 좀 지나서 쌀마저 떨어지자 우리는 친했던 지인분이 나눠준 라면을 일주일 넘게 먹었다. 그때의 기억 때문에 나는 지금까지도 국물 있는 라면이 싫다.

이런 상황들을 견디면서 가난은 죄가 아니라는 말이 어쩌면 거짓말일지도 모르겠다는 생각이 들었다. 이 생활이 차라리 꿈이길 바랐다. 하지만 현실은 생각보다 냉담했고 도무지 길이 보이지 않았다. 아빠는 수원의 주유소로, 엄마는 지방으로 일하러 가면서 우리 가족은 뿔뿔이 흩어졌고 서로를 제대로 만날 수 없었다.

1년 동안 열심히 일한 결과, 예전에 살던 집의 5분의 1도 안 되는 작은 집에서 네 식구가 살게 되었다. 네 명이 누우면 거의 꽉 찼지만 다 같이 살 수 있다는 사실만으로도 기뻤다.

그러다 지금은 학원보다 비싼 과외를 받고, 필요한 만큼 참고서를 살 수 있으며 유료 인터넷 강의를 들을 수 있게 되었다. 다시 나아진 경제적 상황은 나를 바꿔놓았다. 투정을 부리던 법을 잊었던 내가 투정을 부리게 된 것이다.

하지만 이 모든 변화가 꼭 나쁜 것은 아니다. 물정도 모른 채 모든 게 풍요로웠던 경험보다, 어려움을 겪었던 경험이 내게 더 많은 것을 느끼게 해주었으니까.

집안이 어려워지고 우리 가족은 더 끈끈해졌다. 어렸을 때 아빠와 시간을 많이 보내지 못했는데, 조금씩 서로의 일상을 나누면서 진지한 대화도 할 수 있었다. 서로를 격려하면서 점점 나아지는 집안 사정을 지켜보며, 실패를 맛보더라도 다시 일어날 수 있다는 용기도 배웠다.

역경은 삶과 떼려야 뗄 수 없는 것인가 보다. 그럴 때 포기하지 말고 꾸준히 걸어가다 보면 끝이 보인다. 당신에게도 빛을 받는 순간은 반드시 온다. 해가 뜨기 전 새벽이 가장 어둡다는 말을 잊지 말았으면 좋겠다.

마지막에는 이길 수 있다

 내 입으로 말하기 민망하지만 나는 똑똑하게 태어났
다. 두 살 때부터 말하기 시작했고, 배우지 않고 글자를 읽었
기 때문에 부모님은 주위에서 영재원에 보내라는 말을 귀에
딱지가 앉을 정도로 들었다고 한다. 앞에서 성적 이야기를
했을 때 엄청나게 노력한 것 같지만, 사실 남들보다 더 많은
노력을 하지 않아도 성적은 쉽게 올랐다. 남들만큼 하지 않
았던 것을 남들만큼 노력했더니 성적이 많이 오른 것이다.
그렇게 나는 내 머리를 믿고 여유로운 생활을 했다. 하지만
이런 자만은 곧 잊을 만하면 찾아오는 우울과 슬럼프의 근원

이 되었다.

중학교 3학년 시절 특목고에 진학하자는 이야기가 나왔다. 원래는 자사고에 가고 싶었으나, 이런저런 이유로 포기했다. 이후 자연스레 외고에 관심이 쏠렸다. 난생처음 입시설명회라는 곳에 갔고 다녀오자마자 외고 진학을 목표로 정했다. 그러고 나자 모든 일을 해낼 수 있을 것만 같은 자신감에 휩싸였다. 심지어 1차까지 붙었다. 나는 콧대를 세우며 마치 최종 합격한 것처럼 모든 사람에게 말하고 다녔다. 미래는 꽃길일 것 같았다.

그런데 제일 중요하다는 면접 연습에 소홀했다. 말하는 연습도 도통 하지 않았다. 면접 당일 아침부터 분주하게 준비한 뒤 학교로 갔는데, 면접장에 들어가는 순간 머릿속이 하얘졌다. 면접관 앞에서 몇십 분 같은 몇 분을 보내고 나오는 순간, 이 학교에 다시는 오지 못할 것 같다는 예감이 들었다.

결과는 예상대로였다. 막상 현실을 직시하자 감정이 터져버렸다. 실컷 주변에 자랑한 만큼 속으로는 불안했는데, 불안이 현실이 되었고 그렇게 나는 실패했다. 티를 안 내려 했지만 주변 사람들은 내게 실망한 눈치였고, 그것이 더욱 우울하고 고통스러웠다. 목표가 사라졌고 실패까지 했으니 엄청난 스트레스를 받았다. 이때부터 스트레스성 위염과 함께 습관적인 슬럼프가 찾아오게 되었다.

지금도 면접에서 실패했던 기억은 이따금 나를 찾아와 내 마음을 휘젓는다. 자책과 무력감이 더 큰 슬럼프를 가져오곤 한다. 슬럼프를 해결하기 위해 다른 일을 하거나 잠깐 쉬려고 하니, 오히려 공부하기 싫은 마음이 더 커지며 점점 공부와 멀어졌다.

다른 사람은 어떻게 슬럼프를 극복하나 찾아보다가 가수 아이유 님과 방탄소년단의 슈가 님의 답변을 보았다. 아이유 님은 "가끔 져요"라는 답변을 했고, 슈가 님은 "생각 없이 그냥 하세요. 아무 생각 없이 하던 걸 계속하는 거예요. 그럼 어느 순간 (올라가게) 되어 있어요"라고 대답했다. 처음에는 이 말이 이해되지 않았다. 그때까지만 해도 나는 슬럼프가 오면 괜찮아질 때까지 쉬었기 때문이다. 하지만 그 말들이 진짜 해답이 되었다. 실제로 때로는 져주고, 끊임없이 하던 걸 해본 결과 슬럼프가 찾아오는 것이 두렵지 않게 되었다.

힘든 경험이었지만, 이 기억을 지우고 싶진 않다. 내 실력을 정확하게 알 수 있었기 때문이다. 과거의 나는 자만심으로 가득했고, 노력을 크게 기울이지 않아도 큰 것을 얻어왔기에 욕심이 많았다. 그런데 이 실패를 통해 객관적으로 나를 성찰하게 되었다. 또 나름 큰 면접을 경험해봤기에 면접에 대한 두려움을 줄이는 데 조금이나마 도움이 된 것 같다.

　과거에 실패를 맛본 나를 지금의 내가 만날 수 있다면 해주고 싶은 말이 있다. 그깟 입시에 실패했다고 한 사람의 인생이 끝나지 않는다고. 지금 나는 이렇게 잘 살고 있고, 그때보다도 나은 생활을 하고 있다고.
　이 글을 보고 있는 당신도 원래 하던 일을 꾸준히 하기 바란다. 혹시 그 길의 끝이 막혀 있더라도 그 길보다 더 좋은 다른 길이 얼마든지 열려 있으니 너무 불안해하지 말기 바란다. 우리 모두 마지막에는 이길 수 있다.

꿈꾸던 미래로

나의 현재와 미래에 관해 이야기하려 한다. 솔직히 아직 과거와 지금이 크게 달라지지 않았다. 여전히 많이 우울하고, 왜 사는지 생각도 많이 하고, 아직 불완전하다. 최근에 부쩍 더 우울하고 예민해진 것 같다. 꿈에 대한 확신도 약해지고, 존재에 대해 더 심각하게 고민하고 있다. 아마 내가 꿈을 이루기 위해 필요한 노력을 충분히 하지 않기 때문인 것 같다.

이유가 있을 때도 있지만, 우울의 이유를 꼭 집어 정할 수 없을 때도 있다. 시도 때도 없이 찾아오는 우울에 익숙해질 법도 한데 매번 어렵다. 앞에서 언급한 슬럼프를 강하게 느끼지만, 이전처럼 오래가지 않을 거라고 믿으니 앞으로는 나아질 것이다.

내 꿈은 내가 겪었던 이야기를 전달해 남들에게 영향력을 미치는 것이다. 그러니까 상담을 주로 하는 정신 건강 의학과 전문의가 되고 싶다. 내가 하는 말 한마디 한마디가 한 번에 많은 사람을 도와줄 수는 없지만, 장기적으로 보면 꽤 많은 사람을 살릴 수도 있다고 생각한다.

어릴 때 여러 매체에서 접한 '정신과'는 매우 부정적인 곳으로 묘사되었다. 지금도 역시 많은 사람이 두려움과 편견을 갖고 있다. 정말 안타깝다. 감기나 암처럼 우리 몸에 생기는 병과 비슷한데 굳이 분리해서 생각하기 때문이다.

정신적 문제에 대한 사회의 인식이 개선되기를 바란다. "나 우울증 있어" "나 조울증 있어"라는 말들을 감기 걸렸다고 말하는 것처럼 자연스럽게 언급할 수 있는 사회를 만들고 싶다. 이런 사회로 나아가기 위해 노력하는 내가 되고 싶고, 나와 같은 길을 걸어가는 사람이 많았으면 좋겠다. 한 사람 한 사람이 모여 우리가 원하는 사회에 다다를지 모르니까. 어쩌면 이 글을 쓰는 것이 내가 꿈꾸는 미래에 다가가는 첫 발자국일 수도 있겠다.

끝나지
않는
우리의
이야기

최근에 미래에 대한 고민을 많이 했는데
엄마께서 걱정은 조금 넣어두고 하루하루를 열심히 살다 보면
어느 순간 목표에 다가간다고 말씀해주셨다.
그래서 요즘 하루하루를 열심히 살고 있는데
미래에 대한 불안감이 줄어든 것 같아 도움이 된다.

영화 〈뮬란〉에는
'역경을 이겨내고 핀 꽃이 가장 아름답다'는 문장이 나온다.
나 또한 역경을 겪고 나면 어느새 아름다워 질 것이다.

장은하

1987년, 서울 압구정에서 태어나 학창 시절을 보낸 뒤 고려대학교와 카이스트 MBA를 졸업했다. 스물두 살 때 대학생 최초로 패션 잡지 〈르데뷰〉를 창간하여 12년째 발행인을 맡고 있다. 세 번의 창업, 대기업 마케팅 커뮤니케이션 등 다양한 경력을 거치며 성공과 실패를 경험했다.

수년 동안 심각한 우울증에 시달리며, 우리 주변에 깊고 넓게 퍼져 있는 우울과 자살에 대한 사람들의 이해와 관심이 너무나 부족하다는 것을 몸소 체험했다. 자신의 우울을 인정하고 회복하는 과정을 지나, 삶의 시련을 창조적으로 승화하여 새로운 삶을 개척한 사람들에게 관심을 갖게 되었다.

지금은 멘탈헬스코리아의 부대표로 활동하며 자살 시도 및 자해 경험이 있거나 우울을 겪는 청소년들 및 청년들과 함께하고 있다. 정신적 아픔과 방황으로 길을 잃은 사람들에게 우울을 통해 자신의 삶을 새롭게 바꾸는 방법을 전파하며, 우울이 삶에 어떤 의미를 주는지 전달하고자 한다. 삶의 의미를 새롭게 발견하는 경험의 가치를 믿는다.

돈으로 살 수 없는 것들

　　베이비붐 세대의 상징 '58년 개띠'이자 곧 죽어도 강남에 살아야 한다는 남다른 의지를 가졌던 아버지 때문에 나는 압구정 한복판에서 학창 시절을 보냈다.

　　"이 세상 여자들의 궁극적인 목표가 뭔지 아니? 사회적 성공? 아니야, 바로 예뻐지는 거야"라는 중학교 체육 선생님의 말에 순간 저 입을 한 대 치고 싶다는 충동이 들었지만, 마치 그 선생의 말이 옳다는 걸 증명하기라도 하듯 학교 바로 맞은편에는 수십 개의 성형외과가 즐비했다.

　　아이들은 교복에 슬리퍼를 신은 채로 점심시간마다 성형

외과를 돌아다니며 쇼핑하듯 성형 견적을 뽑고 원장님과 수다 떠는 것을 취미로 삼았다. 여느 학생들처럼 노래방이나 PC방을 즐기기보다는 틈만 나면 성형외과를 다녔고, 잘생긴 의사 선생님과는 웬만한 동네 아저씨보다 친했다. 지금은 상담비가 따로 생겼다고 하지만 당시만 하더라도 단순한 견적 상담은 무료였다. 의사 선생님은 예비 고객인 우리에게 매우 친절히 견적을 뽑아주었고, 우리는 졸업 후 꼭 다시 오기로 새끼손가락 걸며 약속했다.

이곳의 여자아이들은 수능과 동시에 성형수술을 하는 꿈에 부풀어 있었다. 남자아이들 역시 예외는 아니었다. 외모에 대한 투자와 패션, 명품은 내게도 자연스레 익숙해졌다. 부모들은 자녀에게 "SKY만 들어가면 포르쉐를 사주겠다"고 약속하기도 했다.

나는 이곳의 다소 지나친 물질만능주의에 익숙하면서도 한편으로 늘 알 수 없는 거북함을 느꼈다. 학교 선생님은 "지하에 사는 사람 손 들어봐"라는 말을 농담하듯 아무렇지 않게 물었고, 학생회 모임에서는 회장단이란 타이틀을 가진 학생들끼리 어떤 선생님이 촌지를 받는지 정보를 공유했다.

그러니 돈이면 전교회장 자리도, 학벌도 살 수 있다고 생각하는 이곳에서는, 살면서 다치는 어떤 문제도 특별한 문제가 될 것 같진 않았다. 우울증에 걸리는 이유가 '인생이 생각대로 풀리지 않아서'라고 한다면, 이곳의 사람들은 인생에 닥치는 수많은 문제를 돈으로 해결하겠다는 자신감이 있으므로 딱히 우울의 늪에 빠질 이유가 없어 보였다. 행복은 그런 것인 줄 알았다.

그러나 내가 무언가 상당히 잘못 돌아가고 있는 세상에 살고 있음을 느낀 것은 스물한 살 때, 미국의 명문대에 들어간 친구가 스스로 목숨을 끊으면서부터다. 일류대 졸업장이 있으면, 사회적 지위가 높으면, 강남에 건물이 있으면, 적어도 집에 포르쉐와 벤츠, 그리고 별장에 갈 때 사용할 캠핑카가 있으면 행복해야 했다. 그래서 그랬나? 아무도 그 아이의 우울을 상상하지 못했다.

그가 쓸 수 있는 용돈엔 상한선이 없었다. 사고 싶은 건 마음만 먹으면 다 살 수 있었다. 그러나 그가 돈으로도 평생 살 수 없었던 한 가지는 바로 부모의 인정과 사랑이었다. 그는 한 번도 존재 그 자체로 인정받거나 사랑받는다고 느낀 적이 없었다. 늘 무언가 이뤄내야 했다. 아버지가 남들에게 자랑할 수 있는 멋진 액세서리가 되어야 했다. 마지막으로 그는 아버지에게 아이비리그 합격증을 안겨준 채 세상을 떠났다.

지금까지 스스로 목숨을 끊은 수많은 사람이 남기고 간 마지막 메시지는, 살아남은 우리가 서로에게 어떤 존재가 되어 살아가야 하는지 말해준다. 무언가를 소유하는 것보다 더 중요한 것은 진정으로 다른 사람에게 다가가 서로의 아픔을 함께 나누고 사랑하는 거라고. 성형보다 더 좋은 것은 열심히 운동해서 멋진 근력을 얻는 거라고. 절망에 빠진 누구든 살아갈 이유를 발견한다면 그 이유가 무엇보다 가치 있는 거라고. 학창 시절 누군가 나에게도 말해주었더라면 행복을 좀 더 빨리 찾을 수 있지 않았을까. 너무 오래 헤맸다.

말하지 못해 몰랐던,
물어보지 못해 말 못했던

이 책을 준비하는 동안 나는 우리 가족이 오랫동안 품고 있던 한 가지 새로운 비밀을 알게 되었다. 그것은 24년간 누구도 입 밖으로 꺼내지 않았던 외할머니의 죽음에 관한 것이었다. 그리고 그 사실을 알게 된 계기는 꽤 독특했다.

2020년 8월, 막내 이모가 책을 냈다. 책 제목만 보고 나는 그저 양육에 관한 교양서적이라고 생각했다. 출간 예정일에 맞춰 책을 사놓고 한참이 지나서야 그 책을 펼쳐보았다.

내가 유치원에 다닐 때 대학생이었던 이모는 우리 집에 잠깐 머무르며 나를 돌봐주었다. 항상 밝고 유머 감각이 넘쳤던 이모는 어릴 적부터 늘 생각이 많고 진지했던 나를 하루에도 몇 번씩 꺄르르 웃게 만드는 능력이 있었다. 그런 유머와 긍정적인 성향이 두 아들에게도 좋은 영향을 끼쳤겠다고 생각하며 가벼운 마음으로 책을 읽기 시작했다.

책에는 이모의 어릴 적 이야기가 많았다. 이모의 가정환경과 가족에 관한 이야기는 곧 우리 엄마의 이야기였고 나는 말하지 않아 몰랐던, 아니 물어보지 않아 듣지 못했던 엄마의 인생에 대해 알게 되었다.

내가 초등학교 3학년 때, 외할아버지는 오랜 투병 끝에 암으로 돌아가셨다. 그리고 그 해에 극심한 스트레스 때문이었는지 외할머니 역시 암 진단을 받았다. 나는 한동안 엄마와 함께 외할머니 치료를 따라다니며 엄마의 슬픈 표정을 지켜봐야 했다. 그러다 몇 달이 채 지나지 않아 외할머니의 장례식이 치러졌다.

이것이 내가 아는 전부였다. 나는 다시 일상으로 돌아왔다. 외할머니가 떠난 것에 대한 슬픔도 있었지만, 엄마가 더이상 마음 아파하며 간병하지 않아도 된다는 생각에 마음이 한결 가벼웠다. 엄마는 장례식 이후 하루도 쉬지 않은 채 바로 일을 나갔고, 우리는 더 이상 그 일에 대해 이야기하지 않았다.

그렇게 24년이 지난 후, 나는 이모의 책을 통해 외할머니가 스스로 목숨을 끊으셨다는 것을 알게 되었다. 외할머니가 돌아가신 지 오랜 세월이 지났음에도 망치로 머리를 한 대 쾅 맞은 듯한 충격이었다. 그 감정은 곧 상처가 되었다.

'그때 엄마는 얼마나 가슴이 아팠을까?' '아무리 어렸다지만 왜 그걸 몰랐지?' '엄마는 나보다 더 힘들었을 텐데?' '이모는 왜 굳이 책에 이 이야기를 쓴 거지?' 여러 복잡한 감정이 뒤섞였다. 더 이상 그 책을 보기 싫어 안 보이는 곳에 깊이 처박았다.

그렇게 며칠이 지나고 엄마는 아무렇지 않게 쓱 물었다.

"이모 책 읽어봤니? 난 주말에 다 읽었다."
"응, 나도 읽었어. 금방 읽을 수 있던데."
"벌써 다 읽었어?"
"응."
"……."

202

몇 초간 어색한 침묵이 흘렀다.

우리는 턱 밑까지 차오른 어떤 말을 차마 꺼내지 못했다. 너무나 가슴 아픈 일이니까. 꺼내면 마음이 아프니까. 이러한 이유로 우리는 지금껏 서로의 아픔을 대략 짐작하면서도 말하지 못한 채 외면해왔다. 그리고 그 아픔은 각자가 오롯이 감당해야 할 몫이 되었다.

24년 전, 엄마에게 누구도 물어보지 못했던 그 말을 엄마는 간절히 바랐을지 모른다. 누군가 자신의 마음이 어떤지 물어봐주기를……. 그러나 아무도 그 역할을 하지 못했던 것 같다.

지금 그 역할을 누군가 해야 한다면, 나라는 생각이 들었다. 그러나 선뜻 입 밖으로 말이 나오지 않았다. 용기가 필요한 일이었다. 숨을 몇 번 들이마시고 나서야 말을 꺼낼 수 있었다.

"엄마, 외할머니 그렇게 돌아가신 거 말이야. 난 이제야 알게 됐네. 엄마 정말 힘들었겠다……. 그때 어떻게 버텼어?"

몇 초 지나지 않아 엄마의 뺨에 눈물이 흘렀다. 시간이 지나도 아물지 않는 상처가 있다면 바로 이런 것 같았다. 엄마는 그날을 생생히 기억했다.

돌아가시기 전날 엄마는 외할머니와 함께 있었다. 엄마는 할머니가 사시는 시골집에 내려와 있었고 당시 할머니는 암 때문에 매우 고통스러워하셨다. 그런데 다음 날 아빠의 백내장 수술이 예정되어 있어 엄마는 외할머니를 남겨둔 채 저녁 늦게 서울에 올라왔다. 다음 날 새벽, 외할머니는 농약을 들고 밭에 나가 스스로 숨을 거두셨다.

"그날 내가 같이 있었더라면 그렇게 외롭게 돌아가시진 않았을 텐데……. 며칠이라도 더 같이 지낼 수 있었는데……."

외할머니는 정신적으로도 신체적으로도 매우 아프셨던 것 같다. 사별의 아픔도 치유되지 않은 채 암 진단을 받았고 자식들은 먹고살기 바빴다. 누구의 잘못도 아니었지만 자살 유족이 된 우리 가족은 각자의 이유로 자책과 후회에 시달렸다. 아빠에게도 차마 말하지 못했던 사실이자 24년 만에 처음 입 밖으로 꺼낸 진심이었다. 그렇게 우린 한참을 이야기했다.

엄마는 말했다.

"물어봐줘서 고마워."

나는 생각했다.

'이모, 용기 내어 말해줘서 고마워요. 덕분에 엄마한테 물어볼 수 있었어.'

우리 주변엔 다양한 이유로 마음이 아픈 사람들이 많다. 전 세계 인구 중 4분의 1은 일생을 사는 동안 모종의 정신질환을 경험한다고 한다. 그러나 이것도 코로나 시대엔 바뀌어야 할 오래된 통계에 불과하다. 이제 정신 건강 문제는 4분의 1이 아닌 '누구나'의 문제가 되었다. 한편으로 다행인 것은 더 이상 우울하고 불안한 것이 나만이 겪는 특별하고 이상한 문제가 아니라는 점이다.

우울한 것이 별로 이상하지 않은 시대. "잘 지내지?"란 안부 인사보다 "요즘 마음은 괜찮아? 어때?"란 인사가 오히려 더 자연스러운 요즘. 가장 가까운 가족에게조차 한 번도 묻지 않았던 그 질문을 용기 내 해본다면 어떨까. 말하지 않아 몰랐을까, 물어보지 않아 말하지 못했을까. 누구의 마음속에도 물어보지 않아 평생 혼자 감당해야 하는 아픔이 남지 않기를 바라본다.

나는 이런 정신과 의사를
내 주치의로 선택한다

 며칠 전 중요한 발표를 앞두고 급하게 인데놀 한 알
이 필요했다. 평소 다니던 병원은 집에서 1시간 반 거리였
다. 멀리 갈 시간이 없어 집 앞에 새로 개업한 정신 건강 의
학과를 찾았다. 매주 수요일은 예약 없이 가도 되는 날이었
는데, 문을 열자마자 갔는데도 벌써 여덟 명이 대기하고 있
었다. ○○예술종합학교라 적힌 가방을 메고 열심히 대본을
보는 20대 초반의 여대생부터 3개월째 잠을 못 잔다며 남편
손을 꼭 잡고 오신 할머니까지. 이곳을 찾은 이유는 다양해
보였다.

정신과에 대한 편견 때문에 여전히 방문을 꺼리는 사람이 많다고 하지만, 대학병원은 물론이고 개인병원 역시 손님이 없어 고민하는 경우는 드문 것 같다. 정신과 진료의 오해와 편견을 해소하기 위한 각계각층의 노력 덕분에 확실히 정신과의 문턱이 낮아졌다. '정신과 의사를 한번 찾아가 볼까?' 하는 용기를 냈다면 다음은 '어떤 병원, 어떤 의사한테 가야할까?'라는 고민과 마주하게 된다.

들어가자마자 의사가 시간 없다고 빨리 말하래요. 다른 과보다 진료비도 비싸면서 무슨 시장처럼 일을 대충 처리하려는 느낌이었어요.

10년 동안 상담 잘해주는 정신과 의사를 찾아 헤맸어요. 몇몇은 마음 아프고 살기 힘든 사람들 상대로 비즈니스 하는 느낌이랄까?

이리저리 옮겨 다녔던 건 그만큼 괜찮은 정신과 의사를 찾기 힘들어서였어요. 저도 옮기고 싶어서 옮긴 게 아니었거든요. 별로여서 옮겼죠.

만약 별다른 생각 없이 '집에서 가까운 정신과에 가야지'라고 생각했다면 당신 역시 이들처럼 시간과 비용을 낭비하는 시행착오를 겪을 가능성이 높다. 정신과 방문이 처음이라면 더욱 신중히 선택해야 한다. 첫 번째 방문한 곳에서 어떤 상담과 진단, 약을 받는지에 따라 향후 경과에 큰 영향을 줄 수 있기 때문이다.

또한 첫 번째 받은 서비스에서 상처받거나 큰 실망을 하면 이후 아예 마음을 닫고 더 이상 전문가에게 도움을 요청하지 않을 수도 있다. 도움을 받으러 갔다가 공감 능력이 완전히 결여된 의사를 만나 심각한 마음의 상처를 입고 조기 치료의 기회를 놓쳐버리는 것이다. 따라서 우리는 현명한 소비자가 되어 최선의 정신 건강 서비스를 제공해줄 주치의를 찾기 위해 노력해야 한다.

인터넷에는 정신 건강 의학과의 전반적인 인식과 정신과 의사의 서비스에 대한 부정적 의견이 난무하지만, 멘탈헬스코리아를 운영하며 수집한 수많은 소비자 후기에는 '나를 다시 살게 해준 생명의 은인'으로 평가받는 정신과 의사들이 의외로 많았다.

이들은 마음의 병을 회복하도록 돕는 의료적 임무를 훌륭하게 완수할 뿐 아니라, 고통의 경험이 삶에 어떤 의미가 될 수 있는지 함께 고민하며 환자의 발전을 도우려 애쓰는 사람들이었다. 진단을 뛰어넘어 환자가 어떤 사람인지 알고자 하는 의사의 진정한 관심과 호기심, 서로간의 신뢰로 맺어진 인격적인 관계는 환자에게 회복할 수 있다는 확신과 희망을 주었다. 나 역시 운 좋게도 정신과 의사로서의 소명이 남다른 분들을 진료실에서, 또 업무 현장에서 많이 만날 수 있었다.

"아, 또 이야기 길어지겠구먼, 밀린 메일이나 확인해야지"라는 태도로 환자가 뭐라 이야기하든 지루하게 모니터만 응시하는 의사보다는, 한 사람의 삶에서 일어나는 일들과 마음의 변화에 호기심을 느끼고 사회학·철학·신학·심리학 등 다양한 지식을 더해 환자의 모든 측면을 이해하고자 노력하는 의사가 더 알려지기를 진심으로 바란다. 그래야 정신과 의사에 대한 막연한 편견과 부정적 인식이 사라질 수 있다. 그때 비로소 소비자들은 의사에 대한 신뢰를 갖고 치료에 임하며 수월하게 회복할 것이다.

좋은 정신과 의사를 만나는 방법을 글로 옮기기 위해, 나의 경험을 정리함과 동시에 10년 이상 정신 건강 의학과를 이용한 130여 분의 의견을 더했다. 어떤 의사를 찾아가야 할지 고민하는 사람들, 혹은 지금 좋은 치료를 받는 건지 확신

이 들지 않아 마지못해 다니는 사람들에게 도움이 되었으면
한다.

첫 번째, 의사의 자격과 숙련성에 대해 조사한다.

가장 쉬운 방법은 병원 홈페이지의 의료진 소개를 확인하
는 것이다. 의사 약력은 기본 중의 기본이지만, 원장 약력이
아예 없는 병원도 있으니 간과해서는 안 된다. 어느 의과대
학을 나왔고, 석사·박사는 어느 대학에서 수료했으며, 어디
서 수련을 받았는지, 전공의와 전문의 자격은 어디서 취득했
는지 파악하자. 졸업 및 취득 연도까지 공개한 병원이라면
가기 전부터 기본적인 신뢰가 생긴다. 경력이 몇 년인지 파
악할 수도 있으니까.

질 좋은 상담을 기대한다면 상담 공부와 수련을 어디서 했
는지, 얼마나 오랜 기간 상담 서비스를 제공해왔는지 확인하
자. 상담 공부를 별도로 하지 않은 의사를 찾아가 '상담 실력
이 없다'고 불평하는 것처럼 어리석은 것도 없다.

정신분석의 경우를 예로 들면 미국 어느 그룹의 정신분석
연구소에서 수료했고, 누구에게 몇 년간 분석을 받았으며, 몇
년도부터 본인이 어떤 상담을 진행해왔다고 자세히 소개하
는 의사도 많다. 상담 공부를 추가로 한 의사를 찾아간다면

정신과 진료를 받으면서 적어도 상담하다가 상처만 받고 올 확률을 대폭 줄일 수 있다.

물론 명문 의과대학을 나오고 유명한 의학 박사, 교수라고 해서 무조건 훌륭하다고는 할 수 없다. 하지만 의사에 관한 정보 제공은 소비자들에 대한 배려다. 충분히 정보가 제공되었을 때 의사에 대한 신뢰도도 올라간다. 당연히 치료 효과에도 좋은 영향을 줄 수 있다.

어떤 분야든 마찬가지겠지만 의사의 경험이 중요하다. 정신과 이용법을 다룬 어느 책에는 '정신과 의사의 임상경험이 많으면 많을수록 환자 파악을 더 정확히 할 수 있고 당연히 치료 또한 더 잘한다'고 나온다.

예전에는 대학병원이나 큰 정신병원에서 오랜 기간 경험을 쌓다가 중년 이후에 개업하는 의사가 많았는데, 요즘은 젊은 의사가 병원을 개원해 원장으로 있는 경우도 많다. 물론 젊은 의사가 좀 더 개방적일 수 있고, 이야기가 잘 통할 수 있다는 장점도 있다. 그러나 얼마나 그 분야에 있으면서 많은 환자를 치료했는지, 필요한 훈련이나 기술, 경험이 풍부한지 따져보는 것도 중요하다. 만약 인터넷에서 정보를 찾을

박한신·최징원·이재병,《토닥토닥 정신과 사용 설명서》, 에이도스, 2018.

수 없다면 직접 병원에 물어보도록 하자.

두 번째, 의사의 소통 방식을 평가해본다.

병원에 가기 전 의사의 자격 증명과 경험을 조사했다면, 이제 병원에 갔을 때 체크할 것들이다. 많은 사람이 바로 이 부분에서 병원을 추천할지 발길을 끊을지 판단하게 된다. 다음은 의사의 진료 방식 평가를 위한 체크리스트다.

편안하게 대화를 나눌 수 있는 분위기인가?

뭐 좀 말해보려고 하면 '시간 없으니까 빨리 말해라'라고 한다든지, 다짜고짜 반말한다든지, 차가운 표정으로 모니터만 바라보는 의사를 보면 '입 닫고 약만 받아가자'라고 생각하게 된다. 의사와 마주 앉았을 때 편안하고 따뜻한지, 혹은 어색하고 불편한지 판단할 때는 환자 자신의 느낌이 정확하다.

나는 내 주치의를 떠올리면 가장 먼저 그의 환한 미소가 떠오른다. 나를 마주할 때 짓는 환한 미소는 몇 초지만, 그 미소에 대한 기억은 때때로 떠오르며 영원히 지속된다. 따뜻한 미소는 마음이 지친 사람에게 큰 안식이다.

요구하는 정보에 대해 적극적으로 설명하는가?

내 질문을 진지하게 받아들이고 이해할 수 있는 방식으로 답변하는지 체크하는 것이다. 회복에는 몇 개월 또는 수년이 걸릴 수도 있기에 상호 신뢰 관계를 구축하는 것이 중요하다. 나라는 사람을 알아가는 데 관심이 있고, 나의 의사 결정을 존중하는 의사를 찾아야 한다. 내 경험을 바탕으로 한 이야기를 적극적으로 경청하는 의사인지, 무시하고 발끈하는 의사인지 살펴보라.

예를 들어 처방해준 약에 대해서 "이 약은 어떤 약이에요?"라고 물었을 때 "일단 드셔보세요"라며 귀찮은 듯이 말한다거나, 의학적인 지식을 이야기했을 때 기분 나쁘다는 듯이 "당신이 의사세요?"라고 반응하는 의사를 피하자. 또 "제 상태가 좋아지고 있는 건가요?"라고 물었을 때 "그건 환자분 본인이 더 잘 알 텐데요"라고 말하는 의사라면 당장 병원을 바꾸자.

짧은 시간이라도 진료에 최선을 다하는가?

갈 때마다 아무런 감정 없이 "잠은 잘 주무세요?" "식사는 잘하세요?" "요즘 뭐 특별한 건 없으세요?" 똑같이 물어보면서 관망하는 의사는 소비자들의 요구를 결코 충족시켜주지 못한다.

심리학자 아들러는 다음과 같이 말했다.

다른 사람에게 관심이 없는 사람은 인생을 사는 데 굉장히 어려움을 겪게 되고, 다른 사람들에게도 해를 끼치게 된다. 인간의 모든 실패는 바로 이런 유형의 인물에서 비롯된다.

내 주치의가 인간에 대한 관심 자체가 없는 사람으로 느껴진다면 그 병원에 계속 다닐 이유가 없다.

세 번째, 약 처방이 어떤지 체크해야 한다.

약물치료 효과가 좋다는 것은 약 조절을 섬세하게 잘하고 기본적으로 환자에 대한 파악을 잘한다는 것이다. 기계적으로 약을 처방하지 않고 환자가 표현하는 것을 감각적으로, 종합적으로 파악하여 약을 조절해나가는 의사가 있다. 환자의 이야기를 적극적으로 경청하며 기록하고, 차트를 보며 열심히 연구하는 의사는 환자에 대한 애정과 이해가 높다. 약을 추가하거나 바꿀 때도 의사 독단적으로 하는 것이 아니라 환자의 상태를 최대한 반영하면서 의논하듯이 맞춰나가는 의사를 추천한다.

소비자 역시 치료 효과를 높이기 위해서 함께 노력해야 한다. 약에 대해 자세히 설명해주는 의사도 있지만, "일단 드셔보세요"라 말하는 의사도 있다. 그럴 때 의사에게 약에 대해 적극적으로 질문해야 하며, 인터넷과 커뮤니티를 통해서라도 자신이 먹는 약에 대해 상세히 알아야 한다. 효과와 부작용, 그리고 하루하루 컨디션 변화를 관찰 및 기록하면서 의사와 상의해야 한다.

네 번째, 때때로 의사의 젠더도 고려 대상이 될 수 있다.

정신과 의사는 다양한 성 정체성 및 지향성에 대한 깊이 있는 이해를 바탕으로 이들을 대하는 데 능숙해야 한다. 내가 가신 고민에 따라 징신과 의사의 싱벌도 중요힐 수 있으며, 이와 관련된 최근의 훈련과 경험이 있는지도 매우 중요하다.

성소수자에 대한 지식과 최근 이슈를 잘 알고 있는지, 퀴어와 관련한 전문 상담이 가능한 분인지 첫 진료 때 대놓고 물어보는 것이 중요하다. 온라인상에 '퀴어 프렌들리' 병원 명단이 있지만, 이 병원들도 퀴어에 대한 이해와 존중이 다른 병원에 비해 조금 있다는 것이지 퀴어 상담을 전문적으로 하는 곳은 아니다. 미국이나 유럽권 국가에는 의사나 상담사 자신이 LGBT 라며 오픈하고, LGBT 상담을 전문으로 하는 곳이 많다. 언젠가 국내 유명 대학 상담 센터의 한 상담학 박

레즈비언, 게이, 양성애사, 트랜스센너의 앞 글자를 딴 밀로, 성소수자를 뜻한다.

215

사라는 분이 "퀴어가 뭐예요?"라며 호기심 어린 눈으로 질문했던 것은 충격이었다.

마지막으로, 다른 소비자들의 평가를 확인한다.

나한테 딱 맞는 정신과 의사를 만나는 것은 행운이 아니다. 더 이상 운에 맡기는 시대는 지났다. 기술의 발전으로 많은 것이 투명해졌으며 소비자는 서로 연결되어 실시간으로 정보를 공유한다. 다양한 경험과 노하우를 가진 소비자의 리뷰를 누구나 언제든 확인할 수 있는 세상이 되었다. 어떤 의사에 대한 소비자들의 리뷰를 통해 의사의 친절도, 상담 방식, 약을 처방하는 스타일 등의 정보를 사전에 얻을 수 있다. 이를 통해 시행착오를 줄이는 것이다.

위의 방법을 통해 의사를 찾아보자. 이제 더 이상 사사건건 잘잘못을 따지는 의사, 환자 탓을 하는 의사, 혼내는 의사, 진료 시간에 수업하는 의사, 범죄 피해에 대해 2차 가해를 하는 의사를 만나지 않을 수 있다.

천 년 전, 인간의 정신은 오직 신이 관장하는 영역이라 믿었다. 그리고 정신 의학이 발전하기 시작한 수십 년 전부터 이 문제를 다루고 해결할 수 있는 사람은 정신과 의사가 되었다. 최근 몇 년 전부터 기술의 발전과 함께 똑똑한 소비자들이 등장했고 이들은 서로 연결되어 목소리를 내기 시작했다. 그렇다. 오늘날 정신 건강을 이야기하고 생태계를 건강하게 바꿀 수 있는 사람은 정신 건강 서비스를 소비하는 개개인, 즉 우리 모두가 되었다. 우리는 서로에게 의사 못지않은 큰 영향을 주고받는 것이다.

〈굿 윌 헌팅〉의
숀 교수를 찾아서

좋은 상담이 뭔지 잘 모르겠어요.

상담에서 특별히 얻는 건 없어요. 그냥 내 이야기를 할 수 있는 그 시간이 좋아서 가는 거죠.

탁월한 상담사를 경험해보지 못한 사람들은 종종 어리석은 상담사와 관계를 지속하는 경우가 있다. 비유하자면 상대에게 특별히 흥미가 있거나 얻는 바도 없지만, 외롭기도 하고 대화 상대가 필요하니 일주일에 한 번 의무적으로 데이트 약속을 잡고 나가는 느낌이랄까.

많은 사람이 실력 없는 상담사를 만나 진정한 상담의 효과를 경험하지 못하는 것은 매우 안타깝다. 지금도 석사 졸업장과 자격증만 있으면 상담 전문가가 될 수 있을 거라는 착각으로, 사회 경험과 삶의 지혜가 부족한 상담 전공자들이 무분별하게 양산되고 있다.

나는 상담을 통해 뒤통수를 한 대 크게 얻어맞은 것처럼 깨달음을 얻고 내가 가진 문제의 근원에 도달할 수 있기를 바랐다. 과거에만 머무르는 상담이 아니라, 과거에서 비롯된 현재의 문제를 현명하게 처리하는 방법을 배우고 앞으로 더 나은 사람이 되기를 바랐다.

탁월한 상담은 바로 이런 것들이 충족되는 것이다. 나의 경우 상담 중간에 때때로 감탄사를 내뱉곤 했다. 새로운 통찰이 주는 카타르시스는 스파를 한 듯 온몸과 정신이 개운해지는 느낌이었다.

문제는 이런 상담사를 주변에서 찾기가 정말 쉽지 않다는 것이다. 나는 자신의 실력에 높은 자부심이 있는 1급 자격의 교수들에게도 상담을 받았지만 만족스럽지 못한 적도 많았다. 그럴 때면 그저 문제가 다 잘 해결된 것처럼 거짓말하며 상담을 종료하곤 했다.

제정 준비 중인 '심리 서비스에 관한 법률'이 통과되면 전문성 있는 상담사들에게 양질의 서비스를 받을 수 있을까? 당연히 전문인과 비전문인의 구분은 법으로 규정되어야 한다. 그리고 이제는 자격만 전문가가 아닌, 진정성 있고 유능한 상담 전문가가 더욱 많아지고 제대로 알려져야 한다.

상담은 심각한 정신질환 혹은 특별한 문제가 있는 사람만을 위한 것이 아니다. 나 자신과의 관계, 타인과의 관계를 더욱 건강하게 맺기 위한 사람들에게도 유익하다.

우리는 상담을 통해 이직·퇴사·창업·이혼 등 삶의 도전적인 선택과 위기의 순간에 훨씬 더 나은 선택을 할 수 있다. 자신에 대한 객관적인 성찰을 통해 삶을 바로 보게 해주고, 스스로 행동을 수정하도록 돕고, 삶의 질을 높이는 지혜와 통찰력을 갖게 하기도 한다. 또한 이혼이나 가족의 상실 등 회복에 시간이 걸리는 문제에 대해서는, 그 시간을 보다 덜 고통스럽게 보내고 새로운 삶의 의미와 소망을 찾도록 돕는다.

하늘은 스스로 돕는 자를 돕는다. 정신 건강에서는 정말 그렇다. 지금보다 더 나아지고 싶다면 좋은 상담사를 찾기 위해 적극적으로 노력해야 한다. 이상적이고 훌륭한, 무엇보다 내 마음과 맞는 상담사를 찾아야 한다. 상담사와 만나는 시간이 영 찝찝하고 꺼림칙하다면 내 기분을 존중해야 한다. 아무리 일류대학에서 학위를 받았고, 유명한 사람이라도 나에게 맞지 않으면 도움이 되지 않는다.

그렇다면 소비자가 만족할 만한 유능한 상담사는 어떤 특성이 있을까. 또 우리가 상담 세션을 최대한 활용하고, 상담이 효과적으로 잘 진행되고 있는지 평가하는 방법은 무엇일까?

내담자 경력 10년 이상의 소비자들이 꼽은 유능한 상담사의 첫 번째 역량은 바로 첫 회기 때의 구조화 능력이다.

첫 상담이 마음에 들지 않더라도 한 상담사에게 최소 3회 이상은 받아보라는 말이 있다. 그러나 유능한 상담사는 자신의 탁월함을 뒤늦게 보여주지 않는다.

만일 '라포'를 형성한다는 핑계로 "오늘은 첫 회기니까 깊게 들어가지 않을 거고요. 서로 자기소개를 해볼까요?"라며 내담자의 소중한 시간과 비용을 낭비하는 상담사가 있는가? 그렇다면 이 상담사와는 두 번째, 세 번째 세션에서도 상황이 나아지지 못하는 답답함을 느낄 확률이 높다.

내가 보았던 대부분의 탁월한 상담사들은 첫 회기부터 내 이야기를 생생하게 경청하면서 나를 조직적으로 아주 잘 파악했다. 첫 회기 때 상담사가 얼마나 나의 의중을 잘 파악하는지, 문제를 얼마나 탁월하게 구조화시키고 상담 목표를 제안하는지 관찰해야 한다.

두 번째는 뛰어난 현실감각과 통찰력이다. 물론 상담사는 내담자에게 무엇을 선택해야 하고 어떻게 살아야 하는지 답을 주지 않는다. 그렇다고 해서 사회 경험과 현실감 없이 단순히 잘 들어주거나 상담 기법만 사용할 줄 알면 된다고 생각한다면 오산이다. 내담자의 삶을 본질적으로 이해하는 것, 내담자가 처한 문제의 폭과 깊이를 파악하여 현실로 연결시키는 능력은 이론으로 배운 상담 기법과는 엄연히 다르다.

어떤 상담사들이 들어주기식 상담밖에 할 수 없는 이유는 거기서 더 나아갈 어떠한 경험도 혜안도 없기 때문이다. 유능한 상담사는 빠른 판단력과 문제의 본질에 대한 통찰력으로 돌파구를 뚫을 수 있어야 한다. 〈굿 윌 헌팅〉의 숀 교수처럼 말이다.

세 번째는 모든 비밀을 털어놓을 만한 사람인지 살피는 것이다. 아이러니하게도 자신의 가장 내밀한 문제를 상담사에게 끝까지 비밀로 하는 경우가 있다. 상담사에게 잘 보이기 위해 혹은 창피하다는 이유로 거짓말을 하기도 한다. 상담에서 다루어야 할 핵심 내용이 바로 그 내밀한 문제임에도 정작 그걸 말하지 못해 수박 겉핥기식 상담만이 진행된다. 문제는 복잡한 가정사일 수도 있고 성과 관련한, 혹은 도박이나 빚에 관한 것일 수도 있다.

이 문제는 상담사의 뛰어난 관찰력과 경험으로 이끌어내 해결할 수도 있고, 혹은 내담자가 문제에 관해 '이 사람이라면 털어놔도 되겠어'라는 믿음으로 해결되기도 한다. '이런 이야기를 하면 이 사람이 어떻게 생각할까?'라는 불편한 생각으로 매회 비밀 고백을 주저하게 된다면 상담사를 변경하는 것이 시간과 비용을 아끼는 방법이다.

네 번째로는 상담사가 별도로 슈퍼비전 이나 개인 상담을 받고 있는지 체크하는 것이다. 일반인들은 상담사가 또 다른 상담사에게 상담을 받는다고 하면 매우 놀란다. 하지만 '자신을 돌보지 않는 상담사를 만나는 것은 하나님과 관계없는 사제를 찾는 것과 같다'는 말이 있다. 그만큼 이는 매우 중요하다. 상담사에게 가장 최근에 상담을 언제 받았는지 물어보자.

업무를 수행하는 데에 필요한 지식과 능력을 향상시키기 위하여 원조와 지도를 행하는 일.

위의 과정을 거쳐 그토록 찾던 유능한 상담사를 만난다고 해도 모든 문제가 해결되고 마법 같은 시간이 펼쳐지는 것은 아니다. 시간이 지남에 따라 서로의 관계나 목표가 달라지기도 하며, 때때로 상담사에게 서운함이나 실망을 느낄 수도 있다. 그러나 이 또한 상담 과정에서 느끼는 자연스러운 감정이기에, 나의 회복 여정에 동참하고 있는 상담사와 솔직히 터놓고 논의해나가는 것이 중요하다.

한국에 오랜 기간 동안 흥행했던 유사 상담 시장이 있다. 바로 점술 시장이다. 그동안 우리는 불안을 해소하기 위해 점을 보러 다녔다. 이제는 불안을 해소하는 공간이 점집이 아닌 상담소가 되길 바란다.

앞으로 TV에서 무당을 찾아가 점을 보는 장면보다 상담소를 찾는 장면이 더 자주 등장하고, 친절한 소비자 중심의 상담 서비스가 더욱 많아지기를 소망한다.

나를 바꾸는 최고의 방법

대기업에 근무하던 시절 나는 또 한 차례 극심한 우울증에 빠졌다. 누적된 정신적 스트레스는 곧장 신체 반응으로 이어졌다. 건강검진 결과, 거의 모든 장기를 재검사해야 하는 상태였다. 몸도 마음만큼 심하게 망가져 있었다. 내 나이 28세, 신체 나이는 50세였다.

정신과 약과 심리상담은 '이 약만 먹으면 좀 나아지겠지' '내일 상담 가니까 하루만 참자' 등 일종의 플라세보처럼 마음의 위안을 주었지만, 나 자신의 한계를 뛰어넘도록 해주는 것은 아니었다.

나는 완전히 삶을 변화시키고 싶었다. 정신적·신체적 건강의 회복부터 현재 만족하지 못하는 모든 삶의 영역, 심지어 인생의 비전까지도 새롭게 탈바꿈하길 원했다. 그러려면 결국 나 자신이 스스로 바뀌어야 했다.

그 무렵 우연히 회사가 마련한 특강에서 강수진 씨를 만났다. 그녀는 50세를 앞두고 세계적인 발레리나에서 국립발레단 예술감독으로 새로운 도전을 준비하고 있었다. 강의가 끝난 뒤 나는 용기 내 그녀에게 물었다.

당신을 지금 이 자리에 오르게 한 건 무엇이었나요?

그녀는 한 치의 망설임도 없이 말했다.

그건 30년 넘게 단 하루도 빠짐없이 아침에 일어나자마자 했던 짧게는 20분, 길게는 2시간 정도의 스트레칭이었어요. 제가 슬럼프에 빠졌을 때 다시 일어설 수 있게 한 가장 큰 힘이었고, 매일 아침 그 짧은 시간이 절 이 자리에 오게 해줬죠.

이어서 누군가 다른 질문을 했다.

내년에 50세가 되는데, 어떤 기분이신가요?

저는 지금 49세인데, 이 나이가 너무 좋아요. 그리고 내년 엔 아마 더 좋을 것 같아요. 왜냐하면 올해보다 더 건강하고 예뻐지고 지혜로워질 테니까요. 저는 언제나 제 나이가 좋고 나이를 먹는다는 두려움은 없어요.

나는 그녀의 말에 뒤통수를 한 대 얻어맞은 기분이었다. 고작 나이 서른을 앞둔 내가 '이젠 체력도 달리고, 나이도 들 었으니 무슨 새로운 도전을 할 수 있겠냐'고 내 자신을 깎아 내렸기 때문이다.

그때의 강의를 계기로 나는 매일 아침 운동을 하기로 결심 했다. 말로는 인생을 변화시키고 싶다고 하면서, 내 몸 하나 원하는 대로 못 만드는 사람이 무슨 변화를 만들 수 있을까 하는 생각에서였다. 출근 전 새벽 6시, 나는 웨이트트레이닝 과 복싱을 배우기 시작했다.

매일 운동을 시작한 후 찾아온 가장 큰 변화는, 아침에 눈 을 떴을 때 죽고 싶다는 생각이 사라졌다는 것이다. 그런 생 각을 할 시간이 없어졌다는 게 더 맞겠다. 시간에 맞추기 위해 일어나 운동복으로 갈아입고 체육관에 가기 바빴다. 침대에 누워 불행한 생각을 떠올릴 몇 초의 시간도 없었다.

매일 아침 6시부터 7시, 온전히 내 몸에만 집중할 수 있는 시간을 가진 후부터 내 삶은 상상 그 이상으로 바뀌기 시작했다. 한바탕 땀을 흠뻑 흘리고 난 뒤 샤워를 할 때면 새로운 아이디어와 영감이 떠올랐다. 내면 깊은 곳에서부터 자신감이 차올랐다.

체력이 좋아질수록 운동의 강도 역시 올라갔기에 한계를 뛰어넘는 새로운 도전이 매일 계속되었다. 정신적 · 육체적으로 건강한 삶을 살게 되니, 집과 회사를 오갈 뿐이던 나의 하루가 늘어나는 것을 느꼈다.

인간관계도 달라졌다. 내가 변화하니 사람들이 나를 대하는 태도 역시 자연스럽게 달라졌다. 운동을 시작한 이후에는 출근길에서 졸거나, 기운이 빠진 적도 없었다.

출근하여 동료들을 만나면 먼저 밝게 인사했다. 언제나 활력이 넘쳤고 기분이 좋았다. 그런 나를 보고 팀 동료들도 하나둘 아침 운동을 하기 시작했다. 그것은 처음으로 나의 삶을 통해 타인을 긍정적으로 변화시킨 경험이었다.

그렇게 1년, 2년이 지났다. 이윽고 나는 하루하루를 최상의 컨디션으로 살고 있다는 기분 좋은 자신감과 건강한 느낌을 경험했다. 정신과 약물과 상담으로 얻을 수 없었던 삶에 대한 강한 의욕과 열정, 용기, 자신감, 설렘, 창의적인 아이디어 들이 샘솟았다.

운동이 내게 준 가장 큰 유익함은 새로운 삶을 위한 '용기'였다. 나와 같이 정신적인 어려움을 겪는 사람들과 함께하겠다는 소명에 용기를 더해, 퇴사 후 사회적 기업 창업에 도전할 수 있었다. 고액 연봉의 안정적인 회사를 그만두고 새로운 삶을 개척하는 것은 큰 결단이 필요했다. 운동이 아니었다면 여전히 나는 그곳에서 '언젠가'만 외치고 있었을 것이다.

《나는 4시간만 일한다》의 저자 팀 페리스는 '언젠가'라는 말은 당신의 꿈을 무덤까지 가지고 가서 당신과 함께 묻어버리는 질병이라 말한다. 나는 불과 몇 달 전까지만 해도 '언젠가'만 말하는 삶을 살았다. 그것이 평범한 삶, 나에게 맞는 삶이라 생각했다.

그런 생각을 바꿔준 것이 바로 운동이었다. 운동은 내 안에 이미 강력한 힘이 있음을 일깨워주고, 가능성을 최대한으로 발휘할 수 있게 해주었다. 몸이 건강해지면서 자신감이 샘솟고, 다시 생각할 수 있는 힘이 생겼다. 운동은 강력한 항

우울제이자 새로운 삶을 창조하는 가장 빠르고 직접적인 수단이다. 건강해지면 사람은 변화할 수 있다.

인생이 실패한 느낌이라면, 희망도 없고 다시 시작할 힘도 남아 있지 않다면, 모든 것이 절망스러워 죽으려고 해봤으나 죽는 것 역시 쉽지 않다면, 모든 것을 처음부터 다시 시작해야 한다면 어디서부터 어떻게 해야 할까?

도저히 운동할 에너지가 없다면, 하루에 단 10분씩이라도 걷기부터 하자. 운동은 인간을 가장 빨리 변화시키는 최고의 솔루션이다. 아직도 운동을 신체 건강 증진과 다이어트를 위한 수단 정도로 여기고 '바빠서 운동할 시간이 없다'고 생각하는 이들이 있는가. 운동이 인생에 미치는 영향은 무엇을 상상하든 그 이상이다.

우울이 내게 다시 찾아와도 걱정하지 않는다. 나는 운동할 것이고, 살아남을 것이다. 내 인생을 긍정적으로 변화시켜 충만한 지금을 만들어준 건 하루도 빼먹지 않고 죽기 살기로 했던 1시간의 아침 운동이다.

매일 죽음을 생각하는
사람들에게

나에게 매일 죽고 싶다고 말하는 사람이 있었다. 그는 스스로 가치가 없는 것 같아서, 쓸모없는 사람 같아서 살아갈 의지도 의욕도 없다고 말했다. 언제 죽을지 때를 보고 있다고 했다. 때로는 오늘이 마지막이라며 자살 예고도 했다.

사랑한다는 말을 입으로 내뱉으면서 동시에 죽고 싶다고 하는 이 남자를 보며, 나는 태어나서 한 번도 경험해보지 못한 생경한 감정을 느껴야 했다. 죽음을 동경하는 사람의 파트너로 살아간다는 것은 밑 빠진 독에 희망을 붓는 것과 같았다. 아무리 노력해도 삶이 나아진다는 희망은 축적되지 않았다. 노력한다고 되는 것이 아니었다. 오늘도 나와 같이 밑 빠진 독에 열심히 희망을 붓는 많은 사람이 존재한다.

얼마 전에 나는 사람들에게 물었다. 매일 자살을 생각하는 사람과 자살은 한 번도 생각해본 적이 없으며 자살하는 사람을 절대 이해하지 못하는 사람. 세상에 딱 두 사람만 있다면 당신은 어떤 사람을 인생의 동반자로 선택하겠느냐고.

심각한 우울증에 빠진 사람과 함께해본 적이 있는 사람이라면, 우울의 전염성이 얼마나 치명적인지 알기에 고민 없이 후자를 선택할지도 모른다. 그러나 의외로 내 주변의 사람들은 다음과 같은 이유로 전자를 선택했다.

같이 살면서 어렵고 힘든 순간이 정말 많을 텐데 그때 찾아올 우울과 불안을 이해해줄 수 있는 든든한 제 편이 필요하기 때문이죠.

제가 우울과 불안에 사로잡힌 적이 한 번도 없었다면 후자를 선택했을 텐데, 저도 우울과 불안에 사로잡힌 적이 많기 때문에 첫 번째 사람을 선택해 서로 도움이 되고 싶어요.

아무래도 자살 같은 민감한 부분을 이해 못하는 사람과는 감정적인 교류가 어려울 것 같아요. 첫 번째 사람과 우울과 불안을 이겨내기 위한 삶을 살고 싶어요.

물론 감정적으로 동화되거나 힘든 선택을 할까 봐 걱정되긴 해요. 그렇지만 같은 아픔을 겪었기 때문에 누구보다 서로에 대해 잘 이해할 수 있지 않을까요? 또 공감에서 그치지 않고, 정기적으로 치료를 잘 받도록 여러 가지 노력을 한다면 괜찮아지는 날이 올 거라고 생각해요. 정신질환이라는 건 저를 이루는 큰 부분이고 분리해서 생각할 수 없는 것이잖아요. 배우자가 그걸 이해 못 해준다면 더 힘들 것 같아요.

물론 같이 우울해질 것 같아 자살을 한 번도 생각해보지 않은 사람을 선택하겠다는 사람도 있었고, 둘 중 누구라도 내가 사랑한다면 노력할 수 있다는 사람도 있었다. (가장 예상 밖의 답변은 둘 중에 더 예쁜 사람을 선택하겠다는 사람이었다.) 중요한 것은 당신이 아무리 죽고 싶다고 해도, 당신 곁에는 당신과 함께하겠다는 사람들이 있다.

한때 나 역시 "사람은 쉽게 변하지 않아요" "완전한 회복은 어려울 거예요"라는 상담사의 말에 좌절한 적이 있었다.

그러나 적어도 밑 빠진 독에 희망 붓기를 멈추지 않는다면, 독이 말라비틀어져 깨지는 일은 없지 않을까. 회복은 반드시 일어난다. 그렇다고 믿으며 사랑하고 지지할 때 회복은 일어날 수 있다. 마음이 아픈 이유는 분명히 있다. 게을러서, 나약해서, 의지가 부족해서가 아니다. 우리는 그 이유를 끊임없이 관심과 사랑을 통해 알아내야 하고, 도와야 한다.

우리는 혼자가 아니다. 나는 누군가의 영혼에 다시 숨을 불어넣는, 삶의 의미와 희망을 찾는 여정에 동행하는 것이 사회와 타인을 위해 할 수 있는 가장 좋은 일이라고 확신한다.

그리스인들이 항상 마음속에 품었던 오랜 진리, '가장 좋은 일은 가장 힘들다'는 말이 있다. 당신이 힘든 이유는 당신이 가장 좋은 일을 하고 있기 때문이다. 당신이 하는 일은 누구나 할 수 있는 일이 아니다. 당신이 곁에 있기에 지금 이 순간 어떤 귀한 영혼이 살아 숨 쉬고 있다.

누가 창조적 고통의
베테랑이 되는가

우울이 삶에 주는 유익함이 있을까?

누군가 내게 우울하지 않았던 과거로 다시 돌아가게 해준다면 나는 주저 없이 'YES'라고 대답할 것이다. 우울을 몰랐을 때의 나는 언제나 즐거웠고 밝게 웃었으며 무엇이든지 자신만만했다. 심지어 '이렇게 행복해도 되나. 모든 것이 완벽해'라고 생각하며 잠들 지경이었으니 말이다.

하지만 누군가에게 그런 나는 이기적이고 겸손하지 못하며 상종하고 싶지 않은 미성숙한 인간이었을지도 모른다. 끔찍한 우울증을 다시 겪고 싶지는 않지만, 우울증을 겪기 이

전의 나는 분명 타인의 아픔을 비웃는 인간 말종에 가까웠다고 할 수 있다.

나는 우울증을 겪는 동안 밝은 표정과 웃음, 희망, 삶의 의미, 돈, 소중한 관계 등 많은 것을 잃었다. 밑바닥 아래 끝없는 지하실이 존재한다는 사실을 깨달을 무렵, 애써 외면해왔던 삶의 진실을 마주할 수 있었다. 나를 보호하던 것들이 부서지고 벌거벗은 자신을 마주했을 때, 비로소 나는 여태껏 한 번도 생각해보지 않았던 지난날에 대한 반성과 후회, 수치심 등을 곱씹게 되었다. 우울은 그동안 당연하게 여겼던 것들에 의문을 품게 했고, 삶의 우선순위를 바로잡아 목표를 다시 세우게 했다.

사람이 느끼는 모든 감정에는 에너지가 존재한다. 분노와 복수심은 자신과 타인을 해치는 부정적인 에너지로 표출되기도 하지만, 성공을 향한 강한 열망의 에너지로 바뀌어 긍정적으로 발현되기도 한다.

우울에도 에너지가 있다. 우울은 사람의 에너지를 깡그리 앗아가는 듯 보이지만, 동시에 이전과는 전혀 다른 삶을 개척하는 영감과 통찰을 제공하기도 한다. 유명한 마틴 루터

킹은 연설에서 '과거부터 현재까지 우리는 고통을 겪으면서 창조적인 일을 해내는 베테랑이 되었다'며 고난과 좌절이 주는 의미에 대해 말한 바 있다.

그는 이것을 '창조적 고통Creative Suffering'이라 했다. 과거와 현재 그리고 미래까지, 모든 시점에 고통은 늘 존재했다. 그리고 이 고통의 근원인 우울의 에너지를 창조적으로 승화시켜 세상을 변화시키는 데 큰 영향력을 발휘한 사람들 역시 존재했다.

나는 궁금해졌다. 비슷한 고통 앞에서 왜 어떤 사람은 오프라 윈프리와 같이 세계적으로 영향력을 발휘하고, 어떤 사람은 그저 방구석에서 "이불 밖은 무서워"를 외치다가 자기 파괴적인 삶으로 귀결되는지 말이다. 어떤 차이가 있었던 걸까?

나는 아픔을 통해 크게 성공한 사람들에게서 세 가지 공통점을 발견했다.

첫째, 아픔을 고백하는 순간, 성장이 시작된다.

괴테는 용기에 대해 "그것은 두려움이 없는 상태가 아니라 두려움에도 불구하고 행동하는 상태다"라고 말했다. 용기란 두려워 벌벌 떨면서도 올바른 길을 향해 계속 앞으로 나아가는 것이다. 물론 그들이 아픔을 세상에 공개하기까지 자신을 해치고 혼자 절규하며 수없이 많은 날을 잠 못 이루었다는 것을 잊어서는 안 된다. 그러나 그들은 결국 용기 내기로 결심했다. 용기의 원천은 다양했다. 누군가 먼저 낸 용기에 전염되기도 했으며, 혼자 감당할 수 없는 상태에 이르러 아픔을 입 밖으로 꺼내기도 했다.

그리고 그들 곁에는 대부분 용기를 심어준 누군가가 존재했다. 닥친 시련을 정면으로 돌파할 수 있도록 함께해주겠다는 사람이 있을 때 그들은 결심할 수 있었다.

더 나아가 아픔에 직면하고 맞서 싸운 사람은 비슷한 아픔을 겪는 사람들을 도울 수 있는 영향력을 가진다. 누군가에게 용기를 심어주는 가장 좋은 방법은 내 삶으로 직접 보여주는 것이다. 살아 숨 쉬는 것만으로 그들은 사람들에게 용기를 불어넣는다.

둘째, 자신의 약점을 강점으로 활용하다.

미국의 육상선수이자 모델 에이미 멀린스는 선천적으로 종아리뼈가 없이 태어나, 한 살 때 두 다리를 절단했다. 사람들은 그녀에게 희망보다는 절망을 이야기했다. 그러나 그녀는 두 의족으로 걷고, 뛰면서 세계적인 패션모델로, 또 운동선수로 큰 성취와 업적을 남겼다. 사람들은 그녀에게 놀라운 성취의 비결을 물었다.

나는 장애가 있음에도 '불구하고' 성공한 것이 아니라, 장애 '덕분에' 슈퍼스타가 되었습니다. 제 생각에 진짜 장애는 포기하는 마음입니다. 무엇이든 포기함으로써 아무런 희망도 없게 되는 것입니다.

에이미는 어려움에도 '불구하고'가 아니라 어려움 '덕분에' 더 큰 성공을 이룰 수 있었다고 말했다. 그녀는 누구나 약점이라고 생각하는 장애를 관점의 전환을 통해 강점으로 사용했다.

아픔을 겪은 사람은 종종 이런 말을 한다.

겪어보지 않은 사람은 몰라.
다른 사람은 절대 이해할 수 없을 거야.

그런데 이 말은 바꿔 말하면, 아픔을 겪어본 당사자가 어느 누구보다 그 아픔을 잘 아는 권위자이자 전문가라는 것이다. 아픔의 종류나 크기는 선택할 수 없었지만, 이것을 더 나은 인생, 더 나은 사회를 만들기 위한 자신만의 경쟁력으로 사용할지 말지는 아픔의 당사자에게 달렸다.

만약 자해나 자살 시도를 해봤던 사람이 정신과 의사나 상담사가 된다면, 심각한 우울증을 경험한 사람이 우울과 관련한 다큐멘터리를 만드는 감독이 된다면 그들이 겪었던 아픔을 과연 약점이라 할 수 있을까?

약점과 아픔은 반대로 가장 큰 강점이자 경쟁력이 될 수 있다. 아픔의 경험이 개인적이면 개인적일수록 더욱 특별한 강점이 된다. 아픔을 자신의 재능과 결합해 앞으로 계속 나아갈 때, 우리는 비로소 많은 이에게 영감을 주는 창조적 고통의 베테랑이 될 수 있을 것이다.

셋째, 그들 곁에는 헌신적인 지원군이 있었다.

삶을 완전히 무너뜨릴 만큼의 사건과 치명적인 정신적 고통을 경험했다면, 자신의 힘으로 삶을 극복해내기란 거의 불가능하다. 제아무리 정신질환 치료법, 회복에 대한 풍부한 지식이 있는 전문가라 해도 마찬가지다. 정신이 아픈 사람에게 정신을 차리라는 것은 마치 다리가 없어 걷지 못하는 사람에게 다리를 만들어내라는 것과 같다.

자신의 아픔과 맞서 싸울 용기를 내고 자신의 경험이 경쟁력이 될 수도 있겠다는 생각까지 들었다면, 이제 남은 것은 도와줄 누군가를 적극적으로 찾는 것이다. 만약 부모님이나 담임 선생님, 위클래스 선생님, 형제나 친구 중 손을 잡아줄 사람이 있다면 그보다 더 바람직한 것은 없다. 그러나 주변에 아무도 없다 해도 특별히 슬퍼할 필요는 없다. 우리나라의 많은 사람이 그렇다.

내 짐을 나누어 질 누군가를 찾아보자. 그 사람은 학원 선생님일 수도, 무료 상담 센터에서 만난 상담사일 수도, 우울에 관한 에세이를 쓴 작가일 수도, 교회 언니일 수도, 하나님일 수도 있다.

내 능력으로 아픔을 극복하는 것은 정말 어려운 일이다. 그러나 누군가의 헌신적인 지원을 받는다면 아픔을 회복하는 속도도, 아픔을 통해 성장하는 속도도 더 빨라진다. 우리는 내 삶의 지원군을 찾아 계속 헤매고 두드려야 한다.

우울증을 겪는 많은 사람은 우울증을 겪기 이전의 밝았던 모습으로 다시 돌아가길 바란다. 그러나 코로나 이후의 삶이 더 이상 이전과 같지 않은 것처럼 우울증 이후의 삶 역시 예전과 같을 수 없다.

우리는 코로나를 통해 '디 행복해졌는가?'라는 질문에 쉽게 답할 수 없지만, '더 발전된 사회인가?'라는 질문에는 다양한 답을 생각해볼 수 있다. 우울증 역시 마찬가지다. 우리가 겪은 불행과 정신적 고통은 우릴 결코 행복하게 만들어주지 않았지만, '얼마나 성숙했는가'에 대한 질문엔 다양한 답을 할 수 있을 것이다. 적어도 우리는 누군가의 아픔을 마음 깊이 이해하고, 더 잘 도울 수 있는 사람으로 성장했다.

오프라 윈프리는 말한다.

남보다 더 아픈 부분이 있다면 그것은 고통이 아니라 사명이다.

아픔을 통해 얻게 된 새로운 '사명'은 우울에 의해 꺼져가던 나의 삶을 다시 활활 타오르게 만들 중요한 불씨가 될 것이다.

끝나지
않는
우리의
이야기

나는 눈물을 통해서 세상을 볼 것이다.
그러면 마른 눈으로는 볼 수 없는 것들을 보게 되리라.

- 니컬러스 월터스토프

부록   지극히
개인적인
처방전

자해 청소년,
자해 예방 리더가 되다

2020년 8월, 국립정신건강센터로부터 한 통의 메일이 왔다. 국립정신건강센터에서 추진 중인 '청소년 자해 방지 프로젝트'에 관한 것이었다. 멘탈헬스코리아의 피어 스페셜리스트들에게 자해에 관한 보수교육용 강의와 국가에서 제작한 자해 상담 매뉴얼에 관한 리뷰를 요청했다.

우리는 이참에 '청소년 자해 예방단 1기'를 선발하기로 했다. 열정적인 아이들은 "아직도 자해하는 제가 자격이 있을까요?"라고 물으면서도 "하나 확실한 건 자해는 하면 할수록 더 무너진다는 사실"이라며 누군가의 후회를 막기 위해 참여하고 싶다고 했다.

우리는 그동안 병원 진료실과 학교, 가정에서 '치료가 필요한 아이' '골칫덩어리'로 낙인찍혔던 아이들에게 새로운 기회와 권한을 주었을 때 놀라운 잠재력을 발휘하는 모습을 지켜봐 왔다.

멘탈헬스코리아의 청소년 피어 스페셜리스트 중에서도 일
명 '자해 경험의 전문가' 일곱 명이 5주간 프로젝트에 참여했
다. 아이들이 매주 보여주었던 성실한 태도와 탁월한 안목은,
상처에 가려 보이지 않았으나 누구 못지않게 다시 한번 잘살
아가고 싶은 마음이 발현된 것이었다.

자해와 자살을 시도하는 청소년이 지속해서 늘고 있다. 어
떻게 하면 그들을 도울 수 있을까? 진료실, 상담실에서는 말
하지 않았던 자해 청소년들의 이야기를, 같은 입장에 섰던
사람으로서 그들을 더 효과적으로 도울 수 있는 방법 열 가
지를 소개한다.

'치료적 관계'가 아닌 '사람 대 사람'으로
　자해를 '치료'해주는 게 아니라 자해를 줄일 수 있도록 '도
　와준다'라는 표현이 더 옳죠.

치료자의 의무감에서 비롯된 생각은 때때로 치료자와 내
담자 사이에 일종의 계급을 부여한다. '치료적 관계'나 '자해
치료' 등 치료자와 환자를 구분하는 표현은 내담자의 마음을

닫게 하기 쉽다. 첫 관계 형성에서 중요한 것은 본인이 치료자라는 틀에서 벗어나, 청소년을 한 사람으로서 대우하고 친근하게 대하려는 태도다.

'왜 자해했니?'라는 질문은 이제 그만

여전히 많은 치료자가 자해한 팔을 보고 '왜 그랬니?'라는 질문을 던진다. 이것은 내담자가 하고 싶은 이야기가 아니라 치료자가 듣고 싶은 이야기다.

왜 자해했냐는 질문을 받으면 나의 힘든 점을 이야기하러 갔는데 순간 관계가 끊겨버리는 느낌이에요. '왜 그랬어?'라는 짧은 네 글자가 사람 마음을 후벼 파죠. '내가 이렇게 하면 안 된다는 건가? 왜 이유를 말해줘야 하지?'라는 생각이 들면서 이해와 인정을 못 받는 느낌이 들고 신뢰가 깨져버리는 것 같아요.

왜(why) 힘든지가 아니라 어떤(what) 게 힘들게 했는지 묻는 게 좋을 것 같아요. 냉정을 유지하되 따뜻하게 대해주는 선생님이 많아졌으면 좋겠어요.

언젠간 끊을 수 있다는 믿음 주기

자해는 만성적인 행동이라고 할 수 있다. 그만큼 하지 않으려고 마음먹어도 고치기 힘들다. 따라서 상담사는 자해를 '줄여야 하는 것' '끊어야 하는 것' '고쳐야 하는 것'이라 표현하며 심리적 압박을 주기보다는 '언젠가 끊을 수 있을 거다'라고 믿어주는 것이 중요하다.

자해 이유 단정하지 않기

'자해하는 청소년들은 이렇다' 혹은 '자해하는 원인은 이것이다'라고 단정 짓지 않았으면 좋겠어요. 보통 자해는 세 가지 원인이 있다며 설명해주는데, 그것보다는 먼저 질문으로 청소년이 직접 원인을 찾을 수 있도록 이끌어주시면 좋겠어요. 자해하는 데에는 세 가지 외의 이유도 있을 수 있고, 세 가지 모두 복합적으로 섞여 있을 수도 있으니까요.

일반적인 자해의 원인은 다음과 같다.
첫째, 고통스럽고 괴로운 감정을 해소해준다.
둘째, 멍한 상태에서 벗어나 살아 있음을 느끼게 한다.
셋째, 스트레스나 고통에 대해 다른 사람과 소통할 수 있다.

결과보다는 과정을

자해를 한 달에 몇 번으로 줄이겠다고 횟수나 기간을 구체적으로 세우는 결과에 중점을 두는 것이 아니라, 자해를 줄여나가는 과정에 중점을 두었으면 좋겠어요. (자해 충동이 들었을 때 제일 먼저 이런 행동을 하겠다, 이런 노력을 얼마나 해보겠다.)

내가 자해하는 이유도 정확히 모르는데 몇 세션 만에 자해를 몇 번으로 줄이겠다는 목표를 세우라는 것은 일방적인 방식이라고 생각해요. 물론 '자해를 한 달에 몇 번으로 줄일 것이다'라고 목표를 세우는 것이 효과를 볼 수도 있어요. 그러나 다음 달에 목표를 지키지 못했을 때는 더욱 심한 자책과 자기혐오가 와요. 다짐을 지킬 수 있는지, 없는지에 따라 효과가 달라질 수 있으므로 상담사가 이 부분을 세심하게 판단해 진행해야 한다고 생각해요. 목표를 달성하지 못했을 때 경험하는 자기혐오에 대해서도 다루어주면 도움이 될 것 같아요.

자해는 장기전, 삶의 문제 해결부터

핵심적인 문제를 파악하고 문제 해결을 시작하지 않은 상황에서 자해를 줄이라고 하는 것 자체가 말이 안 된다고 생각해요.

'자해를 멈춘다'는 치료자의 목표를 내세우기보다는 청소년에게 진정한 도움을 주겠다는 관점에서 상담하면서 삶의 문제를 먼저 해결해야 한다.

함께 노력하기, 그리고 존중하기

효과적인 상담이 되기 위해서 나만 노력하는 것이 아니라, 상담사가 나를 위해 어떤 노력을 다할 것인지 이야기해준다면 더 좋을 것 같아요. 믿음이 생길 테니까요.

서약서는 성실하게 참여하겠다는 의미로 작성하는 것이라 했는데, 소비자 입장에서는 별 의미 없어 보이고 오히려 반감이 들기도 해요. 서약서는 강압적으로 느껴지니 좀 더 순화된 표현을 쓰면 좋겠어요.

서약서는 대부분은 미리 만들어져 있지만, 몇 가지 항목은 빈칸으로 남겨둬서 청소년이 상담사에게 원하는 부분도 같이 작성하면 좋겠어요. 제 의견을 존중하고, 함께 만들어가는 느낌이 들 것 같아요.

건강하고 올바른 정보 공유

SNS에 자해 방법을 공유하는 것은 문제이지만, 흉터 관리법이나 상처를 빨리 낫게 하는 방법 등의 정보는 성교육과 같이 더 공식적으로, 제대로 교육하는 것이 필요하다. 건강한 정보가 양지에서 많이 공유되어야 한다. 이를 위해 건전하고 활발한 정보 공유의 장이 만들어져야 한다.

SNS에서 '흉터, 상처 치료하세요'라는 글을 보면 '나를 걱정해주고 아껴주는 사람이 있구나'라는 생각이 들어 힘이 나요. 자해가 아닌 다른 대처법들을 찾을 수 있도록 더 명확하고 세심하게 알려주는 것이 필요해요.

가족치료가 성공하려면

가족치료를 병행할 때는 청소년의 의견을 잘 반영해 당사자가 안전하고 존중받는다고 느껴야 한다. 가족치료를 할 때 내담자가 걱정하는 것은 비밀보장이다. 내담자가 한 말을 가족에게 전하지 않는다는 것을 미리 알려주고, 안심시키는 것이 필요하다.

저는 가족치료 상담이 끝나고 집에 가는 차 안에서 부모님께 항상 '넌 왜 그렇게 생각하니? 왜 그런 말을 했니?' 같은 말을 듣곤 해요. 그래서 그다음부터는 말을 안 하게 되죠. 가족치료에 참여헌 사람들은 진료실을 나기도 집이란 공간에서 계속 같이 있어야 한다는 것을 기억해주세요. 또 가족치료를 진행하면서 진료실 밖에서 서로가 지켜야 할 것, 하지 말아야 하는 말 등을 명확히 알려주었으면 좋겠어요.

강점을 기반으로 칭찬과 격려하기

첫 회기를 마무리할 때는 '용기내줘서 고맙다' '같이 가보자' '나랑 같이 해보자' 등 칭찬과 격려, 힘이 되는 말을 해주시면 정말 좋을 것 같아요. 마무리 단계라면 지금까지 포기하지 않고 발전해줘서 고맙다는 말을 해주면 좋겠고요.

상담 기간 동안 상담 목표에 도달하지 못했다고 아쉬워하는 것이 아니라 지금까지 같이 노력한 것이 더 중요하다는 것을 다시 한번 상기시켜주며 격려받고 싶어요.

세상에 분노하는
'프로 우울러'를 위한
사회적 처방

극심한 우울증을 겪던 한 여성이 있었다. 그녀의 남자친구는 1년 동안 정성을 다해 그녀의 곁에서 이야기를 들어주고 많은 것을 도와주었다고 한다. 그랬던 그가 어느 날 갑자기 집에 찾아와서는 30분간 별의별 쌍욕을 퍼붓더니 이별 통보를 했다는 것이다.

그녀는 말했다.

너무 충격이었지만 한편으로는 그가 이해되었어요. 맨날 죽고 싶다는 말만 하는데 어떤 사람인들 지치지 않겠어요. 많이 힘들었을 거예요. 미안하게 생각해요.

심각한 우울증을 겪는 사람과 함께해본 사람이라면 정도의 차이는 있겠지만 그 남자의 심정을 공감할 수 있을 것이다.

아들러는 '우울증이란 남에 대한 장기적이고 계속된 분노, 비난과 같은 성질의 것이다'라고 정의한다. 우울증에 걸린 사람은 자신의 지난 실수에 자책하고 낙담하는 것처럼 보이지만, 가까이 지내며 살펴보면 도가 지나칠 정도로 남 탓을 하고 짜증과 신경질을 낸다. 표출되지 못한 억압된 분노는 시간이 지나도 사그라들 줄 모른다.

우울증에 걸리는 것에 논리가 없듯, 심각한 우울증에 빠지면 모순된 논리를 펼치며 주변 사람들의 영혼을 갉아먹는다. 처음엔 그들을 애정과 연민으로 도와주려 했다가도, 감정의 롤러코스터를 타는 에너지 뱀파이어 옆에서는 아무리 긍정적이고 명랑한 사람도 버틸 재간이 없다. 그만큼 우울은 심각한 전염성을 지닌다.

종일 침대에 누워 있는 것을 지켜봐야 하고 쓰레기장이 된 집을 매번 치워줘야 하며, 식사를 챙겨주고 경제적 지원도 해주며 그 와중에 친절하고 상냥한 태도를 보여야 하기 때문이다. 인생의 심각한 문제를 여러 번 겪으며 절망이 일상에 깊숙이 스며든 사람들은 죽상을 한 채 끊임없이 불평과 짜증을 내뱉는다. 그러면서 그들을 대하는 타인의 얼굴은 밝고 상냥하기를 바란다. 희망을 이야기해주길 바란다.

비록 세상이 당신을 우울하게 만들었을지라도 타인에 대한 분노와 원망을 품고, '나한테 한번 걸려봐. 본때를 보여주겠어'라는 태도를 갖고는 결코 창조적 삶으로 발전할 수 없다. 이러한 마음은 새로운 삶을 개척하는 데 걸림돌이 된다.

당신을 무너지게 한 그들은 당신의 잃어버린 시간과 병에 대해 어떤 것도 보상해주지 않는다. 그들을 원망하며 불쌍한 자신의 처지에 자꾸만 초점을 맞춘다면, 당신이 기대하는 긍정적인 삶의 변화는 오지 않을 것이다. 내면에 있는 부정적인 에너지를 밖으로 분출할 건강한 방법을 찾아야 한다. 이때 나를 도와줄 사람을 적극적으로 구하고 도움을 요청해야 한다.

방탄소년단을 만든 하이브의 방시혁 대표는 2019년 2월, 서울대 졸업식 축사에서 자신을 움직이게 한 원동력은 꿈이 아니라 '분노'였다고 말했다. 자신을 '불만 많은 사람'이라 표현하며, 세상의 부조리와 납득할 수 없는 현실에 타협하지 않으며 맞서 싸우고자 했던 노력이 지금의 자신을 만들었다는 것이다.

분노가 크면 클수록 그것이 만드는 에너지도 커진다. 그 에너지를 어떻게 사용할 것인가는 결국 각자의 몫이다. 창조적 에너지로 사용할 것인가, 자신을 망치는 파괴적 에너지로 사용할 것인가. 남 탓만 하며 체념할 것인가, 혹은 세상에 뛰어들어 자신이 원하는 세상으로 바꿔나갈 것인가. 분노의 경험이 세상을 더 이롭게 변화시키는 데 사용될 때 우리는 다시 한번 삶의 기쁨을 누릴 수 있다.

여전히 세상에 분노하고 남을 비난하는 마음에 사로잡혀 있다면, 삶을 망가뜨린 사람들을 욕해주는 사람들과 계속 비난만 하며 살 것이다. 인터넷에 악플을 다는 것에서 위안을 받는다면 그것은 슬픔에 지나치게 도취된 자기 연민이자 거짓 위안이다. 결코 우울을 감소시켜주지 않는다.

과거의 상처 때문에 타인과 사회를 바라보는 부정적인 인식을 쉽게 바꿀 수 없겠지만, 사소하다면 사소한 노력으로 변화할 수 있다. 타인에게 조금씩 흥미를 갖는 것이다. 이는 그리스도나 소크라테스, 아리스토텔레스, 성 프란시스, 공자, 석가 등 수많은 철학자나 종교 지도자가 공통적으로 제시한 방법이다.

매일 아침 불안과 절망감 때문에 눈 뜨는 것이 두렵다면, 침대 밖으로 나오기 전에 가만히 누워 오늘 하루는 누구에게 관심을 가져볼지 생각하자. 그것은 '세상을 이롭게 만들어보겠어!'라는 결심처럼 대단할 필요가 없다.

매번 눈도 안 마주치고 무표정으로 서 있는 편의점 아르바이트생에게 하루 종일 서서 일하느라 고생이 많다고 인사를 건네보는 것, 택배 기사에게 매번 열심히 배달해주셔서 감사하다고 말하는 것, '엄마가 내 엄마라서 난 참 행복해'라고 이야기하는 것 등 말 한마디로 시작할 수 있다. 중요한 것은 내 처지, 내 신세에 초점을 맞추는 것에서 벗어나 타인에게 초점을 맞추는 것이다.

나에 대한 지나친 생각을 내려놓으면 어느 순간 고통도 함께 사라진다. 누군가를 위한 삶을 살며 자신을 잊어버리는 사람은 이전에 느꼈던 것과는 다른 인생의 가치와 새로운 종류의 즐거움을 찾아낼 것이 분명하다.

모두의 정신 건강을 위하여

OECD 국가 중 자살률 1위라는 타이틀에 걸맞게, 한국에서 나고 자란 사람들은 타인의 자살 이야기를 자주 들을 수 있다. 끊이지 않는 정치인과 연예인의 자살 보도, 유튜브에 등장하는 자살 유족의 이야기, 그리고 주변 사람들이 어렵게 꺼내놓았던 자살에 관한 내밀한 고백…….

어머니의 자살을 10년이 지나서야 입 밖으로 꺼낼 수 있었다는 한 자살 예방 단체 대표의 고백과, 30년이 넘도록 아무에게도 말하지 못한 채 홀로 죄책감에 시달렸다는 자살 유족의 말까지. 가까운 곳에도 자살과 관련된 일이 벌어지지만 그저 다른 사람의 이야기라 생각한다.

2011년 이후 조금씩 줄던 국내 자살자 수가 2018년부터 다시 늘고 있다. 보건복지부와 중앙자살예방센터가 발간한

〈2020년 자살예방백서〉에 따르면 2018년 전체 자살 사망자 수는 13,670명에 달한다. 2017년보다 1,207명(9.7퍼센트) 늘어난 수치다.

자살 유족은 누군가의 자살에 노출된 후 상당 기간 높은 수준의 심리적·신체적·사회적 고통을 경험하는 사람이다. 가족은 물론 친구, 지인, 넓은 의미에선 심리적인 책임과 부담을 느끼는 사람들까지도 해당된다.

세계보건기구에 따르면 일반적으로 자살자 주변에는 최소 5명에서 10명 정도의 자살 유족이 발생한다고 한다. 이를 바탕으로 계산해보면 매년 자살 유족만 대략 5만 명에서 10만 명이 발생하는 것이다. 지난 10년간 누적된 자살 유족 수만 해도 최소 백만 명이다. 그들은 다 어디에 있는 것일까? 우리 주변에, 어디에나 있을 것이다.

언제부턴가 유명 연예인부터 일반인까지 자신의 정신 건강에 대해 공개적으로 소통하는 사회적 분위기가 형성되었다. 용기는 전염된다. 이제는 수많은 사람이 유튜브와 SNS, 심리 서적 등을 통해 아픔을 공유하고 있다. 오프라 윈프리와 해리 왕자가 참여한 정신 건강에 관한 미국 다큐멘터리 〈The Me You Can't See〉에 등장하는 말이 있다.

자신의 정신 건강 문제를 인정하는 사람들은 슈퍼히어로다.

소수의 용기 있는 사람들이 시작한 아픔의 고백은 정신 건강의 문제에서 자유로울 수 없었던 수많은 사람이 연대하는 토대가 되었다. '위드 코로나' 시대가 오며 아픔의 연대는 더욱 거대해졌다. 마음이 괜찮지 않은 것도 자연스러운 시대, 마음이 아프다는 것을 누구도 이상하게 생각하지 않는 시대, 우울하고 불안한 마음을 토로하면 더 이상(전혀 이해할 수 없다는 듯이) "왜?"라는 질문을 받지 않아도 되는 시대를 맞이했다.

자신들의 문제가 되자 사람들은 괜찮다고, 아무 문제 없다고 애써 외면했던 정신 건강 문제에 대해 의문을 품게 되었다. 그리고 이는 정신 건강 서비스에 대한 관심으로 이어졌다.

성균관대학교 이동훈 교수가 최근 발표한 조사 결과에 따르면 코로나 시대를 경험하며 심리 및 정신 건강에 대한 정보가 필요하다는 응답은 77.2퍼센트, 심리 상담이 필요하다는 답변은 72.8퍼센트였으며 정신과 치료가 필요하다는 응답도 58.2퍼센트에 달했다. ◆ 그동안 정신 건강 서비스 이용

◆ 이동훈·김예진·이덕희·황희훈·남슬기·김지윤, 〈코로나바이러스(COVID-19) 감염에 대한 일반대중의 두려움과 심리, 사회적 경험이 우울, 불안에 미치는 영향〉, 《한국심리학회지: 상담 및 심리치료 32(4)》, 2020.

의 중요성과 인식 개선을 위해 노력했던 세월이 무색할 만큼, 코로나는 단번에 전 국민을 대상으로 효과적인 정신 건강 캠페인을 한 셈이다.

그러나 이러한 변화가 무색하게 여전히 우리 사회 곳곳에서는 마음 아픈 사람들에 대한 냉담한 태도와 멸시가 계속되고 있다. 가정폭력과 성폭력, 학교폭력에 노출된 아이들은 여전히 어른들의 잔인한 침묵과 책임 회피에 고스란히 희생되고 있다. 누구에게도 헌신적인 지원을 받지 못한 채 그저 폭탄을 넘기듯 다른 사람에게 넘겨지고 또 넘겨진다. 사회와 어른들에 대한 아이들의 순수한 기대는 어느 순간 비참함과 무력감으로 뒤바뀐다. 그들은 말한다.

"이젠 어른들을 믿지 못하겠어요."

병원에서는 어떨까? 헌신적인 치료자들이 사람들의 생명을 구하는 한편, 정신과 밖에서 만났다면 도저히 할 수 없었을 모욕적인 질문을 지금 이 순간에도 많은 전문가가 '치료자'라는 이름으로 저지르고 있다. '전문가의 영역' '치료 과정'이라고 주장하는 그들의 자신만만함과 냉담한 태도 앞에서 정신과 환자가 된 사람들은 아무런 반박도 하지 못한 채 상처를 꾹 집어삼킨다.

이외에도 마음 아픈 이들에 대한 공감의 결여는 주변 곳곳에서 발견된다. 사람들이 정신적 문제에 대해 공개하길 꺼리는 이유는 '증상'을 곧 그 사람의 정체성으로 판단하려 하기 때문이 아닐까.

심지어 이렇게 묻는 사람들도 흔하다.

"정신질환자를 정신질환자라 부르지 그럼 뭐라고 불러요?"

그 사람들은 속으로 이런 생각을 했을 것 같다.

'정신병자, 사이코, 미친놈이라고 한 것도 아닌걸요.'

마음 아픈 사람들에 대한 이해와 존중이 결여된 사람들에게 이 책은 그저 '무슨 자랑이라고 책까지 쓰냐'는 비아냥을 받을 수도 있다. 타인의 고통에 대한 관음증이 있는 사람이 아니고서야 자해, 자살 시도, 가정폭력, 성폭력 등 이 책에 담긴 수많은 신음과 고통의 경험을 함께한다는 것은 결코 유쾌한 일이 아니다.

공동 저자들 역시 자신의 아픔을 책으로 써내는 것에 엄청난 용기가 필요했다. 그럼에도 불구하고 멘탈헬스코리아 책을 쓰기로 결심한 이유는 다음과 같은 목표를 달성하기 위해서다.

우리는 예상치 못한 고난의 터널을 통과하는 동안 정신적인 어려움을 겪는 사람에 대한 온갖 오해와 섣부른 판단, 그리고 비난이 이루어지는 것을 목격했다. 사회적 안전망의 부재 속에서 어떻게든 살아남기 위해 그들이 쳤던 처절한 발버둥은, 다른 사람의 눈에 그저 도저히 이해할 수 없는 비정상적인 행동일 뿐이었다. 사람들은 생존자들을 향해 나약하고 무가치한 존재라 손가락질하며 심지어 범죄자 취급을 하기도 했다. 정신적 어려움을 겪는 사람들에 대한 인식을 바로잡기 위해서는 직접 목소리를 내는 방법밖에 없었다.

또한 증명하고 싶었다. 이들이 얼마나 부모와 큰 사랑을 나누고 싶어 했는지, 얼마나 밝고 정이 많은 아이인지, 여전히 아프지만 아직도 가슴속에 얼마나 큰 열정을 품고 있는지. 그러기 위해서는 그들 자신의 목소리로 삶을 재조명해야 했다.

두 번째 목적은 청소년의 정신 건강 문제를 대하는 사회의 변화를 촉구하기 위함이다. 그들이 오롯이 감당해야 했던 비참한 현실을 낱낱이 공개하는 이유는 아픔을 자랑하거나 누군가에게 상처 주기 위한 것이 아니다. 나약함을 드러내는 것이 아니다. 이것은 사회에 당당히 의견을 펼치는 용기이자 삶에 대한 강한 의지다.

그리고 사회는 깨달아야 한다. 무엇이 어디서부터 잘못되었는지. 그동안 '철없는 사춘기 청소년'이라 치부하며 그들의 목소리를 얼마나 무시해왔는지. 앞으로 더 다양한 삶의 목소리가 세상 밖으로 나와야 한다. 목소리를 들어야 사람들이 그 목소리를 위해 행동하기 때문이다.

이들의 고백이 결코 헛되지 않도록 지금부터라도 사람들의 정신 건강 보호를 위한 사회적 안전망 마련에 온 힘을 쏟아부어야 한다. 그럴 때 비로소 정신질환의 조기 예방이 가능하고 사회적 비용을 절감하며, 건강한 사회로 나아갈 수 있을 것이다.

멘탈헬스코리아 부대표

장은하

추천의 글

마음 아픈 사람들이 겪는 고통의 크기를 상상하는 것은 결코 쉽지 않습니다. 하지만 살아가면서 겪는 불안이나 우울보다 더 큰 고통은 '말하지 못하는, 말할 수 없는 것' 그 자체입니다.

스스로의 고통을 말하지 못할 때 우리는 유년기의 다락방을 찾아갑니다. 상징적 의미의 다락방은 사람들이 알지 못하는, 나만이 알고 있는 비밀의 공간입니다. 아마도 미셸 푸코는 이곳을 '헤테로토피아'라고 명명했지요. 물론 세상 어디에도 존재하지 않는 '유토피아'를 빗댄 말입니다.

녹록하지 않은 현실 속에서 겪은 지독한 아픔을 단단한 내공으로 감싸 안은 한 권의 책이 세상에 나왔습니다. 단언컨대 청년(더 이상 청소년이 아닙니다)들을 위한 최고의 멘토링이 될 것입니다. 덤으로 독자들의 마음을 강렬하게 움직이는 글 솜씨도 느낄 수 있습니다. 시대의 아픔을 함께하시는 분들에게 일독을 권합니다.

헤테로토피아를 위한 그들의 대담한 항해를 응원해주시길 바랍니다.

보건복지부 국립정신건강센터 센터장 **이영문**

마음이 아픈 사람이 회복의 길을 걷기 시작하더라도, 우리 사회의 벽은 아직 높습니다. 이때 먼저 아파본 사람만이 보낼 수 있는 위로가 있습니다. 그 따뜻한 손길이 사람을 살릴 수 있습니다. 그들을 지칭하는 개념인 '피어 스페셜리스트'는 우리에게 낯설지만, 해외에선 오래전부터 근거가 확립되어 법과 의료보험으로 지원받는 존재들입니다.

이 책은 피어 스페셜리스트 친구들이 겪었던 처절한 현실에 대한 기록이자 새로운 시대가 왔음을 알리는 신호입니다. 아플 때 몰라줘서 미안하고, 이렇게 소리 내줘서 고맙습니다. 그 과정을 함께한 멘탈헬스코리아의 청년들이 또한 참으로 자랑스럽습니다.

경희대학교 정신 건강 의학과 교수, 전 중앙자살예방센터장 백종우

자신의 아픔을 당당히 말하고, 아픔을 함께 이겨내도록 독려하는 소중한 책이다. '자해와 자살'이라는 글자 너머에 담긴 아픔과, 아프지만 아름다운 상처의 회복. 지난 30여 년간 일해오며 보았던 학생들의 정신 건강과 자살 문제에 관해 다시 한번 생각하는 기회가 되었다. 정신적 아픔을 겪는 사람이라면 반드시 읽기를 추천한다.

교육부 학생건강정책과 과장 조명연

이 책은 일반적인 책이 아니다. 채 피어나기도 전에 기대하지도 않았던 일들로 마음의 병을 얻어 죽음 가까이에 닿았던, 청소년들의 눈물과 좌절과 상처와 고통의 목소리가 고스란히 담겨 있다. 사회 곳곳에 실타래처럼 얽혀 있는 억압과 폭력, 수많은 사람들의 무지와 편견, 무관심과 방관의 이야기가 담겨 있다. 그리고 이와 비슷한 어려움은 누구에게나 언제든지 닥칠 수 있으며, 동시에 우리 모두의 책임임을 호소한다.

책장마다 청소년들의 글이라고 믿어지지 않는 고귀한 성숙함이 묻어나온다. 그 처절한 아픔을 이겨낸 후 어려운 시간을 지나가는 또다른 누군가를 돕고자 자신의 어두운 과거를 정직하게 나누는 참다운 용기가 고귀하지 않을 수 있는가. 다행히도 그들이 다시 일어날 때까지 관심과 도움의 손길을 내밀었던 평범한 사람들도 있었다. 그들이 들려주는 따뜻한 사랑의 이야기는 우리에게 또다른 관점을 제시한다.

누구도 부인할 수도, 더 이상 미룰 수도 없는 청소년들의 심각한 정신 건강 문제와 높은 자살률, 그 회복의 시작은 그들의 목소리에 귀를 기울이며 진심으로 공감하는 것이 아닐까? 그들의 회복을 응원하는 것은 물론 함께 회복하기를 바라는 모든 사람들에게 이 책을 강력 추천한다.

메릴랜드대학 경영학 교수, The Center for Business as Mission 대표 **서명구**

아픔의 경험 전문가인 청소년들이 세상을 향해 간절하면서도 담대한 목소리를 냈습니다. 우리가 잘 몰랐고 귀 기울여 듣지 않았던 청소년들의 아픔과 회복의 이야기가 이 책에는 가득 담겨 있습니다. 견디기 힘든 아픔 속에서도 위로와 희망, 공감과 감동이 넘치는 그들의 이야기를 마음을 열고 함께 나눌 수 있기 바랍니다.

더 이상 이 땅의 청소년들이 외롭게 아파하지 않고, 건강하게 자신의 삶을 살아갈 수 있도록 응원합니다. 함께하겠습니다. 아울러 이 책을 낼 수 있도록 큰 역할을 해준 청소년들의 친구 멘탈헬스코리아에도 감사와 지지의 박수를 보냅니다.

정신 건강 의학과 전문의, 국립공주병원장 이종국

자신의 고통스러운 경험을 공개하는 것은 쉽지 않은 일입니다. 그럼에도 그 생생한 이야기를 진술하게 전해준 필자들의 용기에 존중과 격려를 보내며, 더불어 고마운 마음을 전합니다. 아픔을 표현하고 나눈 그들의 행동은 비슷한 아픔을 겪고 있는 우리 사회의 많은 사람에게 위안과 지지가 되리라 생각합니다.

이 시대를 살고 있는 청소년들의 모습을 통해, 인간의 행동 원리를 규명하고 개입을 제공하는 심리학도 더 많은 노력을 해야 한다고 느끼게 됩니다. 이번 기회를 통해 청소년을 비롯한 모든 국민들이 자신과 주변 사람들의 정신 건강에 더 관심을 갖고 서로 지지하기를 바랍니다. 더 나아가 필요하다면 주변으로부터 적극적인 도움을 받기를, 사회로부터는 양질의 심리 서비스를 받기를 소망합니다.

한국침례신학대학교 상담심리학과 교수, 제 50대 한국심리학회장, 장은진 몇 년 전 평소 좋아했던 아이돌 가수의 슬픈 소식에 가슴 아파하면서 그동안 무심히 지나쳤던 문제에 관심을 가지기 시작했다. 겉으론 그렇게 밝게 보이는데, 행복을 누리고 살 자격이 충분한 사람인데 왜 그런 일이 일어났을까? 의문에 대한 부끄러운 대답은 내가 그들에 대해서 아는 것이 거의 없다는 것이다. 그들의 꿈과 그들의 고민에 대해 이야기를 나누고 싶어도 어떻게 해야 할지 모른다는 것이다.

어려움을 겪는 아이들을 알아가기 위해 한 걸음을 내딛으니 이미 많은 분이 소중한 아이들을 위하여 애쓰고 있다는 것을 이제야 알게 되었다. 죄송스럽고 또 감사한 일이다.

지친 아이들이 이것만은 꼭 알았으면 좋겠다. 세상의 모든 사람과 연결된 소중한 존재인 그들이 미소 짓는 만큼 세상은 밝아진다는 것을.

어느 때나 와준다면 따뜻한 차 한잔과 편안한 이야기를 나누고 싶어 하는 어른들이 기다리고 있다는 것을 꼭 알아주기를.

오대산 월정사 스님 **월암**

누구든지 상대방을 이해하려거든 그 사람이 하는 솔직한 이야기를 경청해야 합니다. 그러나 오랫동안 상담과 복지의 영역에서 일하면서, 정해진 공간 밖을 살아내는 이들의 소리에 귀 기울이기가 쉽지 않음을 깨닫게 됩니다.

이 책을 통해 아이들의 생생한 소리를 듣게 되면서, 가슴이 아리는 고통에 눈물짓다가도 뿌듯하게 차오르는 목소리의 생명력을 느끼게 되었습니다. 그런 의미에서 이 책은 모든 정신 건강 전문가들이 읽어야 할 필독서이자 청소년과 함께 일하는 상담사, 교사, 부모, 그리고 이 땅의 청소년을 지켜내고 싶은 모든 어른들이 가슴으로 읽어야 할 교과서가 아닌가 생각됩니다. 세상을 바꿀 진심 어린 글을 써준 작가들과 책의 기획 과정을 맡아준 모든 분들께 감사의 마음을 전하며 이 책을 적극 추천합니다.

한동대학교 상담심리사회복지학부 교수 **전명희**

최근 뇌과학 분야의 연구 결과들은 말한다. 우리의 뇌는 모두 완전히 다르기 때문에 어떤 기준을 충족하는 정상적인 뇌라는 개념은 허구에 불과하다고. 따라서 비정상적인 정신 상태라는 것은 다수의 논리에 의해 사회적으로 만들어진 상상이다.

우리는 사회적인 관계에서 어려움이 생겼을 때 누구든 예외 없이 정신적으로 힘들게 된다. 그렇기에 이 책의 주인공들이 겪었던 경험에서 읽을 수 있는 공감과 소통, 사랑의 힘이 얼마나 위대한지 알게 된다. 이들의 이야기는 남들에게 차마 말하지 못하는 고통으로 힘들어 하는 사람들에게 큰 힘이 될 것이다. 또한 이로부터 앞으로 겪을 수 있는 수많은 어려움을 극복할 힌트를 발견할 것이다.

용기를 가지고 자신의 이야기를 솔직하게 고백하는 영웅들에게서 타인에 대한 사랑이 우리의 구원이라는 사실을 배웠으면 한다.

KAIST 경영대학 초빙교수 **장대철**

많은 전문가들이 청소년 정신 건강 정책이나 치료에 관해 목소리를 내지만 정작 청소년 당사자의 목소리를 잘 듣지는 못했다. 지난 몇 년간 멘탈헬스코리아는 다양한 방법을 통해 아픔을 겪는 청소년들이 직접 자신에 대해서 말할 수 있도록 도왔고, 나는 그들을 만나면서 감동받았다. 그리고 이 책의 청소년들은 기꺼이 자신의 아픔을 드러내면서 당당하게 목소리를 냈고, 이를 통해 성장하고 있다. 놀랍도록 강인하고 대견하다. 그저 견디는 것이 최선이라고 생각했던 어른들보다 훨씬 낫다.

드러내는 것이 치유의 시작이다. 현재 심리적인 아픔을 겪는 청소년들, 그들을 이해하고 도와주고 싶은 부모님들과 교육자들, 그리고 청소년을 만나는 직업을 가진 모든 분들께 적극적으로 이 책을 추천한다.

한림대학교 성심병원 정신 건강 의학과 교수, 자살과 학생 정신 건강 연구소장 **홍현주**

용기와 사랑으로 가득 찬 젊은이들의 진솔한 글들이 주는 깊은 감동에 제 자신이 치유를 받았습니다.

세상의 편견과 싸우고, 가장 친밀해야 할 가족이나 친구와 싸우고, 자신마저도 자신의 편이 되지 않는 힘든 순간을 회상하면서 경험을 나누어준 이 글의 주인공들에게 마음속 깊은 감사와 격려를 드리고 싶습니다.

정신분석가 도널드 위니콧은 그 누구와도 나눌 수 없는 고통이 현존한다고 했습니다. 그리고 그 고통에 대해 당사자보다 더 잘 알 수 있는 사람은 없다고 했습니다. 다만 우리는 그것을 이해하고자 애쓰는 시도와 과정 속에서 많은 것들을 얻는 게 아닌가 싶습니다. 고통의 크기만큼 사랑의 크기를 키워낸 이 청년들이 세상 속에서 더 많은 사랑을 실천할 수 있는 좋은 장들이 펼쳐지기를 빌어 마지 않습니다.

저마다의 아픔을 각자의 방식으로 겪어내고 이겨가면서, 상처가 다 낫지 않아도 내일을 향해 당당하게 일어서는 젊은이들을 응원합니다.

명지병원 정신 건강 의학과 교수 **김현수**

그동안 진료실에서 만났던 10대 친구들이 떠오르고 또 보고 싶어집니다. 언젠가 다시 만나게 되면 제가 무심코, 섣불리 했던 말을 사과하고 싶네요.

곤두박질치는 처절한 감정, 피하고 싶은 상처를 마주하는 용기와 뒤따르는 고통의 시간들, 마침내 새살이 자라나는 경이로운 순간을 모두 담은 책,《우리의 상처는 솔직하다》. 성장판이 열려 있는 10대들에게 무한한 응원을 보냅니다!

국립정신건강센터 소아 청소년 정신과 전문의 **최정원**

이 책은 대한민국 청소년들이 자신의 아픈 경험을 고백하면서, 그 아픔을 창조적 고통으로 승화시킨 내용을 담고 있다. 남들은 약점이라고 하지만 스스로 긍정적으로 사고하며 극복해낸 슈퍼히어로들의 이야기이다.

코로나로 인한 삶의 변화는 어디가 끝인 줄 모를 정도다. 어른들도 겪어보지 못한 현실인데 청소년들의 삶은 오죽할까 싶다. 청소년뿐 아니라 우리 사회의 많은 분들에게 용기를 줄 것이다. 멘탈헬스코리아가 꾸고 있는 꿈이 실현되는 그날을 기다리며.

사단법인 굿피플인터내셔널 상임이사 **강대성**

살면서 가장 어려운 일 중 하나가 자신의 아픔을 직면하여 받아들이는 것, 그리고 아픔과 거리를 두고 천천히 풀어내며 그것과 더불어 살아가는 것이다.

이 책에는 지난하고 격렬했던 경험에 대한 자기 고백들이 진술하게 담겨 있다. 이 고백의 목소리가 내적 울림으로, 사회적 울림으로 퍼져 선한 파동을 일으키기를 기대한다. 특히 아픔의 한가운데에 있는 청소년들에게 길라잡이가 되기를 강렬히 기대한다.

서울시립 강북청소년드림센터 센터장 김은영

이 책은 너무 젊고 어린 '아픔의 경험 전문가'들이 전해주는 담담한 자기 고백이다. 우리 누구도 예외가 아니라고 생각한다. 정서적 경계선에서 매일매일 서성인다. 읽는 내내 마음이 저리고 때로는 화가 나기도 했다. 그러나 마지막에는 기쁨과 대견함, 자랑스러움이 차올랐다. 자신의 경험을 공유할 때 성장이 시작된다고 믿는 이들의 용기와 아픔을 알기에, 마침내 치유되었음에 감사하는 그들의 성숙함에 진정한 박수와 감탄을 보낸다. 희망을 생각해보면서, 내일을 생각해보면서 나도 한 뼘 성장할 수 있었다.

서강대학교 기술 경영 전문대 교수, 블러썸미 대표 최명화 우리는 모두 다른 이의 고통 속에서 태어나고, 자신의 고통 속에서 죽어갑니다. 이 책의 여덟 이야기는 어지럽게 교차하는 타인과 자신의 아픔 속에서 몇 번이고 다시 죽고, 다시 태어나야 했던 여덟 개의 젊은 마음을 그리고 있습니다. 덧칠 없는 솔직한 이야기, 그래서 조금 불편하고 제법 아픈 이야기입니다. 그 불편한 고통 속에서 정신 문제에 관한 우리 사회의 태도도 새롭게 태어나기를 기대합니다.

신경 인류학자, 정신과 전문의 **박한선**

사람과 세상에 대한 깊고 넓은 이해에 오히려 공감과 위로를 받은 것은 나였다. 이들은 정상과 비정상, 강함과 약함, 긍정과 부정, 심지어 행운과 불행 그 어느 쪽에도 치우치지 않았다. 사실 우리 모두가 그렇다. 인생의 파도에 휩쓸리기도, 잡아먹히기도 하고 때로 올라타기도 한다. 벽 앞에서 무너지다가 벽을 눕혀 다리로 만드는 이들에게 정신 문제란 그저 하나의 불필요한 수식어일 뿐이다.

사회는 이들을 고립시키려 하지만, 무수한 고통과 상처 속에서 이들은 절망과 희망을 씹어 삼키며 단단해지고 세상에 속하려 발버둥 치고 있었다. 누구보다 삶을 진지하게 마주한 이들이 세상을 향해 솔직하고 의연하게 응답하는 모습을 배운다. 그 모습들은 친구가 되고 싶다고 느낄 만큼 매력적이다.

서울사회복지공익법센터 변호사 **김도희**

'아픔의 경험 전문가'로서 용감히 이야기해준 저자들에게 박수를 보냅니다. 인생을 살아가다 보면 누구나 크고 작은 정신적 아픔을 경험하게 되는 것 같습니다. 그럴 때 필요한 것은 공감과 희망입니다. 저자들이 경험한 아픔과 회복의 이야기가 비슷한 어려움을 겪고 있는 우리 사회의 청소년들에게 위안과 치유가 되기를 바랍니다.

SK SUPEX 추구협의회 SV위원장 **이형희**

KAIST 사회적 기업가 MBA에서 멘탈헬스코리아의 아이디어를 접했을 때, 우리 시대에 덮여진 아픔을 어루만지고자 하는 사회적 기업가들의 용기에 큰 박수를 보냈었습니다. 사회적 기업의 고민이 늘 그러하듯 목적과 사업성의 간극은 너무 멀었고 접점을 찾기 어려웠습니다. 하지만 무모해 보이기만 했던 용기로 어느새 그 긴 터널을 통과하며 결실을 맺었습니다. 이 책을 통해 아픔의 목소리를 세상에 알리게 되었습니다.

이제 우리는 피어 스페셜리스트들의 용기 있는 외침을 들으며, 나의 아픔뿐만 아니라 타인의 마음까지 공감하고 어루만지는 성숙한 그들의 삶을 엿볼 수 있을 것입니다. 어쩌면 과거 혹은 현재의 내 이야기일 수도 있습니다. 이 책을 통해 우리는 다시 한번 혼자가 아니라는 희망을 가지게 될 것입니다. 온 마음으로 멘탈헬스코리아와 피어 스페셜리스트의 밝은 앞날을 기원합니다.

SK SUPEX추구협의회 SV위원회 프로젝트 리더, 전 SK사회적기업가센터 부센터장 **최지영**

오래전, 한 아이의 손목에서 어지러운 칼자국을 발견한 적 있다. 그때는 몰랐다. 외마디 비명조차 지를 수 없었던, 마음의 낭떠러지에 내몰린 그의 곤경을 몰랐다.

이 책은 '남에게 보여주고 싶으면서도 실제론 털어놓기 힘든 어떤 것'에 대해 말하는 책이다. 사랑하는 사람과의 이별, 오랫동안 겪어온 폭력, 또래들의 잔인한 따돌림에 상처받은 어린 벗들의 예민한 마음이 절절하게 담겼다.

각자 처한 아픔의 원인과 양상은 달라도, 더 이상 자신의 이야기를 감추지 않기로 결심한 그들의 메시지는 한결같다.

"저는 말하고 싶어요. 제 목소리를 들어주세요. 나의 눈물은 헛되지 않아요. 한 걸음씩 전진할 테니까요."

그들이 간절히 원하는 것은 연민이 아니라 우리의 진심이다.

《삐삐언니는 조울의 사막을 건넜어》 저자, 《한겨레》 기자 **이주현**

2018년의 뜨거운 여름, 나는 청소년들의 자해와 자살을 취재하다 멘탈헬스코리아에서 성장하고 있는 피어 스페셜리스트들을 만날 수 있었다.

내가 만난 친구들은 '문제아'가 아닌 자신의 문제를 당당하게 마주한 사람이었다. 그들은 내게 몸 곳곳에 남은 자해의 흔적을 보여줬고 그 흔적에 새겨진 사연을 이야기해줬다. 그 상처는 나무의 나이테처럼 아이들의 지나간 시간을 말해주고 있었다.

그들의 기막힌 이야기를 듣다 보면, 지금 나와 눈을 마주치고 자신의 이야기를 하는 이들의 존재 자체가 기적이었다. 살아 있는 것이 기적이었다. 그리고 그들은 살아 있는 것에서 그치지 않고 더 잘 살아가기 위해 피어 스페셜리스트로 거듭났다. 그리고 그들의 뒤에는 든든한 '진짜 어른'들이 있었다. 이들의 앙상블이 이 책에 담겨 있다. 그러니 나는 안타까움이 아닌 두근거림과 설렘으로 이 책을 열 수 있다.

YTN PD, 〈김혜민의 이슈&피플〉 진행자 **김혜민**

멘탈헬스코리아의 청소년 피어 스페셜리스트들을 처음 만난 건 2019년 2월, 아직은 추운 겨울이었다. 그들은 손목의 상처가 채 아물기도 전에, 자해하는 또 다른 친구들을 돕기 위해 광화문 앞에서 캠페인을 펼치고 있었다. 그들은 아프지만 누구보다 열정적이었다.

이 책은 다른 누구보다 괴로운 성장통을 겪은 이들의 이야기다. 아픈 기억을 마주하며 써 내려간 문장 곳곳에 비슷한 아픔을 겪고 있을 타인에 대한 위로가 담겨 있다. 상처에 대한 솔직한 고백이 누군가에게 위안이 되리라 믿는다. 아픔에 스러지지 않고 자신의 목소리를 낸 글쓴이들의 용기에 큰 박수를 보낸다.

KBS 시사교양국 PD **배선정**

청춘이란 얼마나 아름다운가.

책을 읽으며 청춘의 고통에 한숨을 쉬었고 그들의 아픔에 통증을 느꼈다. 어린 청춘들이 상처와 싸우며 얻어낸 잠언들은 나를 떨리게 했다.

힘을 내라고 말하는 것도 상처가 될까 말하지 못했다. 하여 나는 아프지 말라는 말보다 그저 그의 옆에서 괜찮다고 말해주는 '꼰대'가 되고 싶다. 미안하고 고맙다는 말도 함께 넣어서.

《마인드포스트》 편집국장 **박종언**

각자도생.

청소년들에게 이 단어가 공감이 된다면, 너무나 슬프고 안타까운 일이다. 끝내 자신들의 이야기를 들어줄 만한 믿음직한 어른을 만나지 못한 아이들이 스스로 목소리를 내기 시작했다.

경쟁의 대열에서 떨어지면 다시는 돌아올 수 없을 것이라고 말하는 삭막한 사회가 되지 않았으면 좋겠다. 성숙한 어른들이 많은 사회는 아이들이 실패해서 멈춰 섰을 때 새로운 기회를 줄 수 있어야 한다. 이 책이 우리 내면에 잠든 성숙한 어른의 본능을 깨우는 역할을 할 것이라 믿는다.

동료지원가 **권혜경**

멘탈헬스코리아 피어 스페셜리스트 팀의 진솔한 고백과 작은 용기에 큰 응원과 지지를 보냅니다. 자신의 살아 있음을 언어와 행동으로 솔직하게 표현하는 것은 회복의 시작입니다. 이들의 활동이 정신 건강 분야에 대한 사회적 인식 개선에 이바지하길 두 손 모아 기도합니다.

회복의 등대 대표, 동료지원가 양성 교육 강사 **장우석**

아픔을 몸소 경험한 청소년들이 자신이 겪어온 모든 것에 대해 가감 없이 고백하기 위해 벽장 밖으로 걸어 나왔다. 정신 건강 문제에 대해 이들만큼 예리한 시각을 가진 사람이 또 있을까? 피어 스페셜리스트 8인이 각자 걸어온 길에서 우리가 미처 보지 못한 수많은 문제를 볼 수 있다.

　이 책은 정신 건강 전문가뿐 아니라 정신 건강 문제에 관심 없는 사람이 읽어도 유용할 것이다. 하지만, 나는 그 누구보다도 아픔의 시간 속에 홀로 머물러 있는 청소년들에게 이 책을 건네고 싶다. 아픔의 시간이 고스란히 담긴 이 이야기가 세상에 내던져진 청소년들에게 작은 위로가 되기를 바란다.

멘탈헬스코리아 피어 스페셜리스트 3기 **이주은**

　이 책은 어둠 속에서 삶을 더듬어 찾기 위한 이들의 노력을 섬세한 언어로 옮겨 형태가 있는 위로를 선사한다. 그들의 솔직한 경험은 전문적 지식보다 도움이 되는 순간이 있다. 저자들은 정신 건강 관련 문제에 있어서 한계가 가득한 현재를 여과 없이 보여준다. 더 나은 미래를 위한 일말의 희망을 품고.

　이 책이 아픔을 겪는 이들에게 용기와 위안을, 그렇지 않은 이들에게 사회 안전망의 사각지대에 대한 통찰을 줄 것이라 믿는다. 나아가 사회의 편견과 몰이해를 벗겨내고 새로운 인식을 구축하는 데에 도움이 되기를 기대한다. 이 책이 단 한 사람이라도 살릴 수 있다면 좋겠다.

멘탈헬스코리아 피어 스페셜리스트 2기 **김규리**

유독 잠이 오지 않는 밤이면 문득 생각하곤 했어요.

이제는 이 아픈 시간들을 지우고 사라지자고.

고민과 생각으로 가득 찬 밤이면

이대로 사라져도 괜찮을 것 같았어요.

유독 아픈 시간을 보내는 분들이 이 책을 읽으실 것 같아요.

그분들께 한마디 전해주고 싶었어요.

그동안 버텨줘서 정말 고맙다고, 수고했다고요.

그 많은 아픔 속에서도 생존해줘서 감사해요.

사실 완전한 행복이란 것은 없다고 생각해요.

대신 이렇게 말하고 싶어요.

완전한 행복은 없지만, 조금은 덜 아픈 미래가 오길 바란다고.

내일 당장은 아니더라도 해는 계속 뜨고 있으니

언젠가는 덜 아플 거예요.

그러니 매일매일, 하루만 더 살아주세요.

멘탈헬스코리아 피어 스페셜리스트 1기 **이서정**